KB070386

나의 곰

옮긴이 **최재원**

시집 《나랑 하고 시픈게 뭐에여?》로 제40회 김수영 문학상을 수상했다. 앤솔러지 《당신의 그림에 답할게요》 《소스 리스트 Vol. 2》에 참여했다. 이제니 시인의 시를 번역해 《Ravel-Unravel: An Anthology of New Korean Poetry》 〈Asymptote Journal〉 등에 실었다. 영어 동요와 동시를 한국어로 옮기고 있다.

나의 곰

초판 1쇄 인쇄 2024년 1월 15일
초판 1쇄 발행 2024년 1월 31일

지은이 메리언 엥겔
옮긴이 최재원
펴낸이 이상훈
문학팀 하상민 최해경 김다인
마케팅 김한성 조재성 박신영 김효진 김애린 오민정

펴낸곳 (주)한겨레엔 www.hanibook.co.kr
등록 2006년 1월 4일 제313-2006-00003호
주소 서울시 마포구 창전로 70 (신수동) 화수목빌딩 5층
전화 02-6383-1602~3 **팩스** 02-6383-1610
대표메일 munhak@hanien.co.kr

ISBN 979-11-6040-585-9 03840

나의 곰

BEAR

메리언 엥겔 장편소설
최재원 옮김

동물의 사고방식을 이해하는

존 리치를 위하여

사실을 통합하여 더 높은 차원의 현실로 이끄는

사랑을 통해 사실은 예술이 되고,

이렇듯 모든 것을 껴안는 사랑은

풍경 속에서 빛으로 드러난다.

케네스 클라크, 《풍경에서 예술로Landscape into Art》

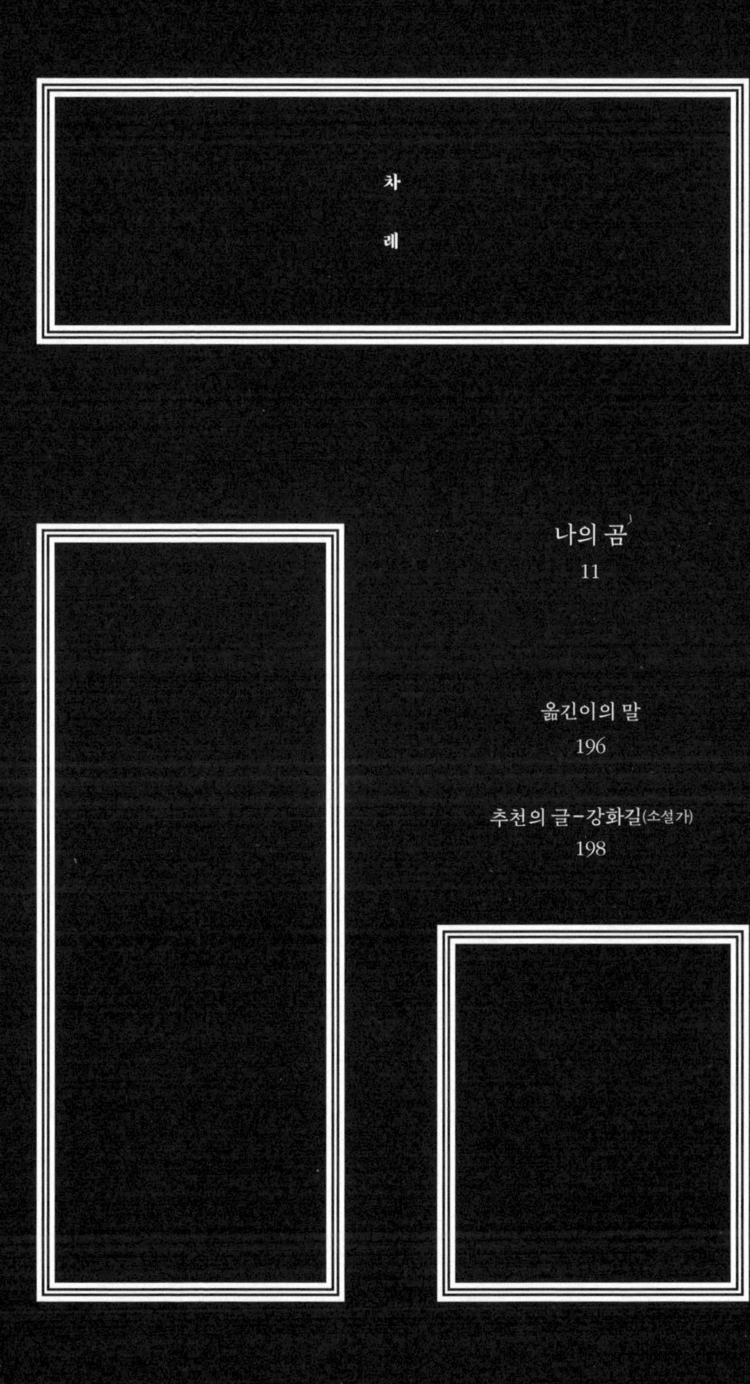

차
례

나의 곰
11

옮긴이의 말
196

추천의 글-강화길(소설가)
198

| 일러두기 |

- 이 책은 《Bear》(David R. Godine, 2002)를 우리말로 옮긴 것이다.
- 외국 인명과 지명, 독음 등은 외래어표기법을 원칙으로 하되 관용적인 표기와 동떨어진 경우 절충하여 표기했다.
- 본문 하단의 각주는 모두 옮긴이 주다.
- 국내에서 발표되지 않은 작품은 원제를 작게 병기했으며, 국내에서 발표된 작품은 번역서의 제목을 따랐다.
- 단행본의 제목은 《 》로, 연속간행물·시·노래·미술 작품 등의 제목은 〈 〉로 표기했다.
- 원문에서 대문자로 강조한 부분은 고딕체로 표기했다.

1

그녀는 두더지처럼 사무실 깊숙이 파묻혀 지도와 필사본을 헤집으며 겨울을 났다. 직장과 가까운 곳에 살았고 자신의 아파트와 협회를 오갈 때 장을 봤으며, 한순간도 어물쩍거리지 않고 피난처를 전전하듯 겨울의 터널을 허둥지둥 걸었다. 그녀는 차가운 공기가 피부에 닿는 느낌을 좋아하지 않았다.

난방 배관과 가까운 협회 지하 사무실은 책, 목제 서류 수납장, 그리고 뜻밖의 사람들이 찍힌 세월에 누렇게 바랜 사진 액자가 보호막처럼 벽을 메우고 있었다. 부스 장군[1)]과 이름이 타운인 누군가의 할머니, 1915년 프랑스의 항공사진, 운동선수와 공병工兵들의 단체 사진 따위로, 무엇이든 버리지 않고 보관하는 게 그녀의 일이었으므로 사람들이 가져다준 것이었다.

"버리지 마." 사람들은 말했다. "역사협회에 다 갖다 줘버려. 그들은 원할지도 모르지. 그 사람, 우리 생각보다 중요할 수도 있어, 비록 술은 좀 마셨지만 말이야." 그들의 호의 덕분에 그녀는 최전선에서 보낸 셀룰로이드 부츠 장식이 달린 크리스마스 카드, 머리카락으로 만든 화환이 우아하게 장식된 양피지에다 쓴 칭과쿠지 구區에 바치는 시, 오래전에 경쟁 회사에 흡수되어 없어진 종자種子 회사 창업자의 사인이 담긴 사진을 얻었다. 옛날에도 바깥 세상이 존재했다는 사실을, 누렇게 바래가는 종이와 잉크, 펼치면 바스러져버리는 지도 같은 잡동사니로 어제보다 오늘이 더 풍요롭다는 점을 상기했다.

하지만 날씨가 바뀌고 지하실 창에도 볕이 들 때쯤, 햇살에 봄의 먼지가 깃들고 낡은 철제 재떨이에서 겨우내 묵은 니코틴과 사색의 악취가 풍길 무렵이면, 지척지척 나아가던 자신만의 세계가 지닌 결함들이 세상에, 심지어 자기 자신에게도 낱낱이 까발려졌다. 아무리 자신이 낡고 허름한 것들, 이미 사랑과 고통을 겪은 것들, 과거를 지닌 물건들에 연민을 느낀다고 해도 민달팽이처럼 허연 팔, 케케묵은 잉크로 얼룩진 지문, 어지럽게 치장해놓은 게시판의 구겨지고 쓸모없는 기억의 폐

---

1) 윌리엄 부스(1829-1912). 영국 감리교 목사로 1865년 구세군을 창립하여 1대 '장군'이 되었다.

기물이 눈에 들어오고 밝은 빛 아래에서 눈이 초점을 맞추지 못할 때면 그녀는 항상 수치스러웠다. 오래전 영혼에 각인된 풍요로운 삶의 모습은 지금과 사뭇 달랐고, 그래서 더 고통스러웠다.

그러나 올해 그녀는 부끄러운 깨달음의 순간을 피할 참이었다. 두더지는 실은 자신이 영양羚羊이 되도록 계획되었다고 마지못해 인정하지 않아도 될 것이었다. 협회장이 그녀를 문서 더미와 돌돌 말린 지도 속에서 찾아내고는 캐리네 사유지 건이 마침내 협회에 유리한 쪽으로 결정되었다고, 한 줄의 가족사진 아래 엄숙히 선 채 당당히 선언했다. 그 사진들은 화장실 벽에 걸면 예의가 아니라는 명목으로 협회에 기증된 것이었다.

그가 그녀를 빤히 보자 그녀가 시선을 돌려주었다. 일이 결국 성사되었다. 이번에야말로 일요일 성경학교 개근장, 오래된 이민 문서들, 누군지도 모르는 농부들의 주일主日 사진이나 빛바랜 연애편지가 든 봉투 더미가 아니라 진짜 역사적 가치를 지닌 것이 그들에게 남겨졌다.

"얼른 짐을 싸는 것이 좋겠군, 루." 그가 말했다. "올라가서 제대로 한번 작업해보게. 이번 기회에 기분 전환도 하고 말이야."

4년 전 그들은 오타와의 한 법인 변호사들에게서 이후 펜아스로 알려진 캐리섬을 포함한 조슬린 캐리 대령의 사유지 일대와 그 건물 안에 있는 모든 것이 협회에 유산으로 남겨졌다는 편지를 받았다. 변호사들은 펜아스의 방대한 서재에 그 지역 초기 정착 과정에 관련된 자료가 있다고 덧붙였다.

루와 협회장은 쌓아둔 자료에서 캐리에 관한 정보를 뒤지고 주립 기록보관소에 연구원들을 보냈다. 그들은 루의 전임자인 블리스 양이 구식 손 글씨로 작성한 서류를 찾아냈다. 유증에 대한 발의가 진행된 1944년에 조슬린 캐리 대령의 방문 서류였다. 당시 협회장은 해외에 있었고 협회는 궁핍했다. 후속 조치가 이루어지지 않아 제안은 흐지부지되었고 루가 클 만큼 커서 협회에서 일하게 되었을 때는, 이미 오래전 술꾼이 된 블리스 양이 허황된 제안들로 서류를 가득 채워놓은 후였다.

"뭐, 너무 기대는 하지 않는 게 좋겠네. 이런 일이 이루어진 적은 없으니까." 협회장이 신중히 말했다.

대령의 친척들은 물론 소송을 걸었다. 그들은 모두 캐리섬이 더 이상 외딴 강에 있는 고립된 전초지가 아니라 자동차, 모터보트, 긴 휴가, 설상차, 그리고 현금 덕에 가치 있는 부동산으로 변모한 것을 깨달았다.

협회장이 법적 자문 보조금을 주州 정부로부터 뜯어내는 동안(협회는 차차 주 정부로 흡수되고 있었다) 루는 조사 대상이 어떤 사람인지 알아낼 수 있기를 간절히 바라며 도서관과 서류를 자세히 파고들었다. 그녀는 캐나다의 전통이란 전반적으로 '고상'하다는 것을 알아냈다. 자신의 조상이 일하거나 기도하는 것 외의 다른 어떤 행동을 했다는 증거는 대부분 인멸되었다. 감쪽같이 점잖게 둔갑시킨 집안 내력은 협회장과 그녀가 종종 탄식했듯 역사 측면에서는 치명적이었다. 캐리가 그 먼 북쪽에 집을 짓고 안을 책으로 가득 채울 수 있는 돈과 여력이 있었다면, 그는 평범한 사람이 아닐 것이다. 그가 과연 얼마나 비범한지 알아내는 일이 바로 그녀에게 달려 있었다. 앞으로 밝혀낼 것들이 그 지역의 역사가 기록된 희미한 필름을 현상하기에 충분하기를, 온갖 신과 뮤즈와 협회에 관한 사무를 주관하는 국회의원들의 이름으로 빌면서 말이다.

유산을 증여한 캐리 대령은 조상이 세운 업적의 골자도 함께 남겼다. 그에 따르면 전대前代 캐리 대령은 프랑스혁명이 일어난 해에 도르셋에 살던, 착실하지만 직함 없는 가족의 일원으로 태어나 어린 나이에 군대로 보내져 나폴레옹전쟁 당시 포르투갈과 시칠리아에서 복무한 모양이었다. 그는 스무 살에 메시나의 주둔 병단 부관副官을 아버지로 둔 아놀드가의 아가씨와 결혼했다. 포병대에서 진급을 거듭하며 아내에게서 많은 자식을 얻었고 포 계곡의 여러 전투에서 활약했는데, 전쟁이 끝나고는 무직 상태로 일가족과 함께 영국으로 되돌아갔다.

이 모든 정보는 토지 소유 증명서, 임명장, 군의 추천서와 표창장 등으로 확인할 수 있었다.

대령이 군 복무를 하면서 섬 생활을 동경했을 거라고 그의 후손은 언급했다. 가족 대대로 전해지는 이야기에 따르면, 어느 더운 여름날 몰타에 주둔하던 그는 신대륙의 지도를 펼쳐 놓고 눈을 감은 채 캐리섬을 핀으로 찍었다.

루는 이질에 걸린 그가 군용 이동식 변기 상자에 걸터앉아 신음하며 차가운 물을 갈구하는 장면을 상상했다. 핀 같은 건 필요 없었다. 영국에서 직장을 구하는 데 실패한 그는 자기 소유의 땅을 모조리 팔고 1826년 토론토, 그리고 다시 요크로 가족과 이주했다.

좋았어. 그는 기록 속에 존재했다. 캐리. 존 윌리엄 대령. 슈터가街 22번지. 신사.

그는 1834년이 되어서야 캐리섬의 토지 증서('신청인은 고개 숙여 제시하오니……')를 손에 넣었다. 목재소를 짓고 근방의 무역에 배를 제공하기로 약속한 후였다.

"저의 조모는" 하고 후손의 글은 계속되었다. "그러나 오지로 더 들어가서 북쪽의 험난한 기후를 겪는 것을 거부했습니다. 혈통은 아니더라도 성정에 있어서는 남부 유럽인 같은 분이었죠. 대령은 그녀에게 딸과 어린 아들들을 맡기고 요크를 떠날 수밖에 없었습니다. 그는 둘째 아들 루퍼트와 함께 (첫째 아들 토머스 베드포드 캐리는 1841년 네크로폴리스 묘지에 묻힌 것으로 보아 몸이 약했던 것 같습니다) 북쪽 섬으로 향했고 거기서 남은 생애를 매우 단출하게 보냈습니다."

캐리에 대한 공식적인 기록은 많지 않았다. 그가 캐리섬 소유권을 신청한 것과 이후 장교직을 팔아 완전히 섬을 취득한 것이 기록으로 남아 있었다. 시 인명록에 의하면 헨리에타 캐리 부인은 요크가 토론토시로 명명되고 나서도 한참을 요크의 점잖은 동네들에서 살았다. 대령은 1836년 북부 지구 치안판사로 임명되었다.

그리고 1869년 아흔의 나이로 수 세인트 마리[2)]에 군 장례 예식에 따라 묻혔다.

이제부터 루는 그가 캐리섬에서 보낸 시절을 조사하고 밝혀내야 했다. 협회가 승소하는 데는 큰 비용이 들었으며 그녀가 이번 여름 그곳을 살펴보도록 파견되었기 때문이다. 이제는

---

2) 캐나다 온타리오주의 가장 오래된 도시로 '수'는 프랑스어로 급류라는 뜻이다. 북미 오대호 중 가장 큰 슈피리어호와 휴런강을 연결하는 세인트메리스강 연안에 위치하는 수상 교통의 요지다.

그저 변호사들과 부지의 관리인들이 권유한 대로, 중앙난방이 설치된 적 없는 펜아스에서 편안하게 지낼 수 있을 정도로 날이 풀리기를 기다리는 일만 남아 있었다.

2

5월 15일, 그녀는 서류철, 종이, 카드, 공책들과 타자기를 차에 실었다. 좀먹은 매키노 재킷[3]과 등산화, 어린이용 침낭 같은 오래된 캠핑 장비들도 끄집어내어 실었다. 협회장은 잘 다녀오라는 악수를 하려다 좀약 냄새에 뻗은 손을 거두었다.

"일을 봐줄 사람의 이름은 호머 캠벨이네. 17번 고속도로를 타고 가다가 피셔스 폴즈로 나가서 6번 국도를 따라 브레이디라는 마을 쪽으로 향하게. 거기 교차로에서 좌회전해서 캠벨의 선착장이 나올 때까지 강변을 따라가면 돼. 호머가 배로 섬까지 태워다 줄 거야. 어제 그와 얘기를 나눴지. 새 프로판가

3) 두꺼운 겨울 외투.

스통을 연결해뒀고 집도 치워놓도록 했다는군."

길은 북쪽을 향했다. 그녀는 길을 따라갔다. 꼭대기쯤에는 루비콘[4]강이 놓여 있었다. 강을 건너자 점점 자유로워지는 기분이 들었다. 현기증을 느끼며 북쪽 산악지대 쪽으로 속력을 냈다.

변호사들이 보내준 캐리 대령의 집과 별채의 구비 물품 목록에 따르면 그녀가 준비해 가야 할 것은 거의 없었다. 그 집은 통나무집 따위가 아니었다. 서재를 포함해서 방이 여섯 개인 데다 소파와 탁자, 의자도 충분했다. 그녀는 목록을 읽는 것만으로 곧게 뻗은 가구의 다리를 상상할 수 있었다. 모든 것이 편안할 것 같았다.

대지는 새로 돋아나는 초록으로 부산했다. 석회암 섬들이 이룬 조각난 호弧의 곳곳을 이어주는 여객선에 차를 싣고 만을 건너며 갑판 위에서 그녀는 몸을 떨었다. 갈매기들이 주위를 빙빙 돌았고 멀리서 무적霧笛이 울렸다. 그곳에 살게 되기를 평생 간절히 바라온 큰 섬을 지나 어렸을 때 가본 적 있는 인디언들이 유령이 나온다고 믿는 조그만 섬도 지났다. 그녀는 커다란 여객선을 타고 가다 배에서 내려, 자신만큼 키가 큰 옻나

---

4) 율리우스 카이사르가 "주사위는 던져졌다"라고 말하며 건넌 것으로 알려진 이탈리아의 강으로 돌이킬 수 없는 선택을 뜻한다.

무 덩굴로 뒤덮인 길들을 발견했던 것을 떠올렸다. 그녀의 부모는 톱니 모양 용담꽃과 물매화를 찾고 있었다. 그들이 섬을 뒤지는 사이 그녀는 어느 통나무집 창문에서 거미줄에 걸리는 바람에 피가 빨려 죽은 세상에서 가장 커다란 잠자리의 바싹 마른 잔해에 넋을 잃었다.

작은 섬들이 타종 부표에 흔들리며 파도 위에 무심하게 떠 있었다.

한 해 이맘때쯤에는 승객들이 많지 않았다. 사냥하러 가는 사람 몇몇과 마젠타 스키 재킷을 입은 인디언 두어 명, 그리고 계단 꼭대기에 나란히 앉아 책을 읽는 나이 많은 커플. 파스텔색 새 운동복을 입은 프랑스어를 쓰는 가족. 야외에서 입고 쓰는 모든 것은 흙이 잔뜩 묻고 보푸라기가 일고 40년쯤은 된 것이어야 한다는 관습은, 그녀 마음속을 제외하고는 이미 명을 다한 모양이었다. 그녀는 온전히 타고난 향기를 풍기는 여자를 찾기는 더 이상 불가능하다고 말한 한 남자를 떠올렸다.

그들이 선착장에 도착했을 때는 거의 해 질 녘이었다. 예전에 이곳에 온 기억이 날카롭게 그녀를 스쳤다. 해변, 은빛을 띤 강, 무언가 슬픈 일이 일어났던 것이 기억났다. 그래, 분명 자신이 아주 어렸을 때 생긴 어떤 일, 상실에 대한 기억이다. 이곳에 존재하는 세계로 돌아온 적이 없다는 사실이 갑자기

기이하게 느껴졌다.

차가 하선하기를 기다리는 동안 그녀는 새 흰색 화물차에 타는 두 인디언을 지켜보았다.

역시나 여객선은 시간이 오래 걸렸고, 어두워지기 전에 보트 정박지까지 가기에는 이미 너무 늦었다. 그녀는 텅 빈 해변의 모텔에 방을 잡고 새소리가 들리는 물가를 어슬렁거리며 저녁을 보냈다.

"이상한 감각이 들어요. 꼭 다시 태어나는 것 같은." 그녀는 협회장에게 보내는 엽서에 썼다.

다음 날 아침 그녀는 차를 몰아 섬을 벗어났고 알고마의 벌거벗은 바위산 등성이가 보이자 심장이 요동쳤다. 나는 내내 어디에 있었지? 이제 와서 보니 부재라고 표현할 수밖에 없는 삶도 삶이라 할 수 있을까?

꽤 오랫동안 삶이 잘 풀리지 않았다. 딱히 어느 하나를 문제 삼을 수는 없었고, 오히려 삶이 전반적으로 그녀에게 불만을 품고 있는 듯했다. 많은 것들이 자꾸 회색으로 변해갔다. 처음에는 학자적인 은둔 생활과 일을 통해 세상의 저속한 것에서 벗어날 수 있어 짜릿함마저 느꼈지만, 5년이 지난 지금 그녀는 바로 그 삶 때문에 시간에 비례하지 않게 빨리 나이 들었으며, 매일 펼치는 누런 종이들처럼 자신이 케케묵었다는 생각이 들었다. 아주 가끔 그녀가 과거에서 눈을 들어 올려 현재를 바라볼 때, 그것은 결코 잡을 수 없는 신기루처럼 눈앞에서 천천히 희미해져갔다. 협회장에게 고민을 이야기해보기도 했지만, 그는 그저 그녀의 마음 상태를 직업병으로 일축했고, 그녀는 여전히 자신에게 주어진 단 한 번의 삶을 이렇게 살아야 한다는 것이 불만족스러웠다.

그녀가 보트 정박지에 차를 세운 것은 늦은 시각이었다. 시멘트 벽돌로 된 가게로 들어가서 호머 캠벨을 찾았다. 얼굴이 둥그런 가게 주인이 자기가 호머 캠벨이라고 밝혔다.

"당신이 딕슨 씨가 편지에서 말한 그 협회 아가씨군요." 그가 말했다. "시간 잘 맞춰 도착했네요. 오늘 밤 섬으로 건너갈 수 있을 겁니다." 그는 즉시 아들을 불러 그녀의 차에서 짐을 하나둘 내렸다. 타자기에 대해 그녀가 조금 안절부절못하자 그가 측은한 눈길을 보냈다.

중년의 그는 쾌활했다. 그녀를 위해 준비된 물품들을 두 번째 모터보트에 조용히 싣고 있는 그의 아들 심은 눈과 머리칼이 창백해 알비노 유령 같았다. 호머는 마치 동물에게 하듯이 혀를 차거나 새소리를 내어 아들에게 일을 지시했다. 아들은 발이 크고 수줍어했으며 수동적이었다. 열다섯이나 열넷일 거라 그녀는 생각했다.

모터보트에 자리를 잡기는 불편하고 어색했다. 마치 어떻게 몸을 구부리는지 모르는 사람이 된 기분이었다. 호머가 모터를 작동시키는 방법을 보여주려고 했지만, 그녀는 자신이 아주 멀리 떨어진 곳에 있는 것 같았다.

루는 해도海圖를 자세히 살펴보았었다. 그들이 관통 중인, 갈대가 많은 강 하구에서 몇 마일을 거슬러 올라가야 캐리섬이 있다는 것을 알고 있었다. 지도상으로는 그럴듯해 보이는 곳이었지만, 하구가 넓은데도 강이 상류로 갈수록 크기가 줄어들어 개울이 되어버린다는 사실을 대령이 고려하지 못했음을, 그래서 습지대의 안식처는 지도 제작자라도 예상하지 못할 만큼 고립되어 있음을 그녀는 이미 알았다. 우아하고 영국적인 그 강은 물레방아를 일주일에 하루 돌릴 수 있을 정도의 물밖에 공급하지 않아서 목재소는 망하고 말았다고, 자료에서 읽었다.

호머는 모터의 굉음을 뚫고 큰 목소리로 떠들었다. 그는 수다스러운 남자인 듯했다. 그녀는 그보다 자신을 둘러싼 마법 같은 형상들이 더 흥미로웠다. 울퉁불퉁한 바위가 곧 모래와 자작나무로 변하는 모습이라든가 1년 중 이맘때에는 마치 잊히고 버려진 양 덧문이 쳐진, 모래톱보다 얼마 크지도 않은 섬들 위 낡은 초록색 별장들 말이다. 이 나라의 여름과 겨울의 삶은 완전히 다른 양상이라고 생각했다.

그들은 쌀쌀한 물길을 미끄러지듯 나아갔고 심이 은색 보트를 타고 뒤따랐다.

"그렇게 멀리 떨어져 있지는 않아요." 호머가 고함쳤다. "그래도 도움이 필요할 때가 있을지 모르니 보트에 연료는 채워놓는 게 좋을 겁니다. 이 시기에는 폭풍 때문에 곤란할 일은 거의 없겠지만 벼락이 칠 수도 있고 목감기가 온다거나 뭐 그럴 수도 있으니까. 겨울에는 조 킹이 덫을 줄줄이 설치해놓고 저기에 살고 그의 아주머니 리로이 부인, 그녀는 인디언인데 조카와 니비쉬[5]에 있으니까 예상치 못한 손님은 없을 거예요.

장작 화로와 가스 화로가 하나씩 있고 벽난로가 두 개 있어요. 실내 난방기도 있었는데 조와 내가 버렸어요, 그게 얼마나 위험한데. 조가 장작 헛간을 채워놓았고 리로이 그 노인이 집을 다 쓸어놨으니 카펫에 폭 싸인 벌레처럼 포근할 겁니다. 그녀가 들르면 바로 알 수 있을 거예요. 산신령처럼 늙은 데다 이가 하나도 없으니까."

보트의 겉은 오래된 삼나무였는데 모터는 새것이었다. 호머는 보트가 물에서 길이 좀 들면 물이 많이 새지는 않을 거라고

5) 캐나다 온타리오주와 미국 미시간주 사이 국경의 세인트메리스강에 있는 섬.

재차 그녀를 안심시켰다. 보트 창고에 카누가 하나 있는데 상태가 어떤지는 모른다고 했다. 날씨가 궂어지면 그녀가 커다란 20마력짜리를 집으로 끌고 가기는 어려울 거라 예상하고 자신의 가벼운 모터를 달아놓은 것이었다. 카누를 깨끗하고 마른 상태로 보관하고 연료통은 꼭 채워놓는 것이 중요하다.

무적이 커다랗게 울렸다. 그녀는 화들짝 놀라 몸을 움직였다. 호머가 큰 소리로 웃었다. "소가 귓구멍에다 대고 울부짖는 것 같죠, 안 그래요? 선박 항로가 당신 집에서 반대쪽으로 4, 5마일밖에 떨어져 있지 않아요. 올해는 좋은 해가 될 겁니다. 물길이 빨리 열렸죠."

그러니까 이 고요하고 느리게 펼쳐진 해안가가 바로 캐리섬이란 말이지. 해안가의 사초莎草, 이름 없는 돌과 나무들. "저기 곶이 보이죠. 곧 저기를 돌아갈 겁니다." 그곳을 아끼는 듯 호머의 목소리에는 애정 어린 데가 있었다. 그가 그녀를 쳐다봤다가 눈을 돌렸다.

그들이 강굽이를 돌자 그녀는 그가 손가락으로 가리킨 곳에서 어두워지는 하늘을 배경으로 어렴풋이 하얗게 빛나는 집을 발견했다. 숨을 들이켜며 기다렸고 마침내 부두에 가까워졌을 때 자신의 생각이 옳았음을 확인했다. 그 집은 바로 고전적인 파울러의 팔각형 저택[6]이었다.

"와." 그녀가 감탄했다.

"꽤 멋지죠, 안 그래요?"

"교과서에서는 안 나와요. 저런 형태의 집들을 기록한 목록이 따로 있는데."

"아, 여기 사람들은 떠벌리지 않아요. 보트 타고 돌아다니는 게 아니면 이곳을 제대로 알 수가 없죠, 우리가 얘기해줄 것도 아니고. 관광객들은 다 저기 저 중앙 수로 아래쪽에 있는, 롱펠로[7]가 인디언에 대한 시를 썼다는 집이나 가서 부산을 떨도록 보내버립니다. 어찌 보면 여긴 잊힌 상태고 여기 사는 우리는 그편이 좋다 싶죠. 아주 굉장하죠, 안 그래요? 7월 아침에 혼자 보트를 타고 강물을 따라 올라와보세요. 그만한 게 없으니까. 심, 밧줄을 가져와."

심과 호머가 작은 부두에 배를 묶었고, 그녀가 제대로 발을 내디딜 수 있을 때쯤에는 이미 보트의 짐을 반이나 부린 상태였다.

"당신네 무리한테 집이 남겨졌을 때 친지들은 단단히 화가 났죠." 호머가 말을 이었다. "섬 전체를 까뒤집어 여름 별장들

---

6) 오르슨 파울러(1809-1887)가 제시한 팔각형의 집으로 19세기에 유행했다.

7) 헨리 롱펠로(1807-1882). 아메리카 원주민을 주인공으로 한 서사시 《히아와타의 노래The Song of Hiawatha》를 썼다.

을 짓고 싶어 했으니까. 정부가 더 이상 그런 건 허락하지 않아요. 자, 안으로 안내할 테니 어서 올라와요."

여행용 가방의 무게에 비틀거리며 그녀는 호머를 따라 강기슭을 오르고 푸른 잔디가 넓게 펼쳐진 정원을 지나 ("심이 여기 잔디를 깎아줄 거예요") 집의 베란다로 향했다.

"전깃불 없이도 잘 버틸 수 있길 바랍니다. 가스등 두어 개가 있지만 그다지 밝지는 않아요. 창가에서 일해야 할 겁니다. 창은 많아요, 그래도." 호머가 말했다.

그의 말을 한 귀로 흘리며 그녀는 그대로 서서 집을 뚫어질 듯 바라보았다. 어스름 속의 집은 부드럽고 육중한 하나의 덩어리였다. 넓은 베란다 때문에 1층 창문이 희미하게 보였다. 그 위로 키가 큰 나무들이 굽어 드리워져 있었다.

"물박달나무예요. 저 나무들은 뭔가 특별한 것이, 8월의 무더운 날에는 그 어느 곳보다 저 아래가 더 시원합니다." 호머가 말했다.

"여기에 8월까지 있을진 모르겠어요." 그녀가 중얼거렸다.

"누구도 꼭 그래야만 하지 않는 이상 여기를 떠난 적이 없어요. 클리블랜드의 그 증손녀는 눈이라도 팔았을 거예요. 당신네 단체에 넘기지 않으려고 몇천 달러나 들였다던데. 여기, 내가 열쇠를 가지고 있어요."

그녀는 기다랗고 이가 있는 집 열쇠를 본 지 너무 오래되어서 그것을 뭐라고 부르는지조차 기억나지 않았다.

"설상차 탄 사람들이 오기 전까지는 잠글 필요도 없었어요. 얻는 게 있으면 잃는 것도 있죠." 호머가 말을 이었다. 그들의 발길이 현관 앞 베란다 바닥을 울렸다.

호머가 현관문을 열었다. 그녀는 안으로 들어가서 현관 복도에 가방들을 내려놓았다. 문과 창문에 둘러싸였다. 전면에 위층으로 오를 수 있는 넓은 층계가 있었다.

난로 기름 냄새. 쥐 냄새. 먼지 냄새(일몰 직전의 햇빛이 오래된 작은 창으로 비스듬히 들어오고 있었다). 호머는 옆에서 거의 사과하는 듯한 얼굴로 그녀가 인정한다는 미소를 지어주기를 기다리며 서 있었다. 그녀는 계단을 올려다봤다가 왼쪽을 봤다가 오른쪽을 봤다가 하며 냄새를 맡았다. 쿰쿰하고 뭐라고 형언할 수 없지만 좋은, 어떤 냄새가 났다. 호머가 오른쪽으로 돌아가 문을 열고 그녀의 커다란 타자기를 어두운 방의 탁자에 내려놓았다. 소년이 더플백들을 들고 나타났다. 탁. 털썩. 그는 나머지를 가지러 다시 나갔다.

"이런 집들은 사실상 원형이라고 할 수 있죠." 호머가 말했다. "집을 보여줄 테니 날 따라와요. 등유램프 켜는 법은 알고 있는지?"

"네."

"보여줘봐요." 그녀가 있는 방 천장에는 정교한 밀크 글라스 램프가 달려 있었는데, 호머가 어디선가 철도 노동자들이 드는 주석 랜턴을 가져와 불쑥 내밀었다. 그녀가 불을 붙이자 방이 일시에 밝아지며 소파, 다리가 활처럼 구부러진 탁자, 화분을 올려두는 선반과 죽은 양치식물들이 보였다. "부엌에 더 관심이 있겠죠. 여기를 통해서 가면 됩니다. 장작 화로에 있는 화력 조절기가 뭔지는 기억하는지?"

"아니요."

"집을 다 둘러보고 나서 보여줄게요. 아침에 약간의 온기를 주려면 필요할 겁니다. 여기 위쪽에는 아직도 눈이 내릴 수 있으니까 말이죠."

팔각형의 두 쪽 면에 걸쳐 있는 거실과 달리 부엌은 한쪽 면만 차지했다. 현대식 프로판가스 화로와 장작 화로가 나란히 놓여 있었고 밀어 올리는 덮개가 있는 주방 가전 기계[8]와 펌프가 달린 주석 개수대가 보였다.

"밖에 더 괜찮은 게 있어요." 호머가 말했다. "이건 가죽이 항상 말썽이었죠. 자, 이 옆방은 뒷문으로 나가는 복도 겸 장

8) 모터에 여러 가지 부엌 가전제품을 연결해서 쓸 수 있도록 만든 기계.

작 창고인데 밖에 제대로 된 장작 창고가 있습니다. 나가면 뜰에 뒷간도 있고요. 루시 할멈이 청소 한번 제대로 해놓았군, 안 그래요? 여기, 다음 방은 말하자면 안방이에요. 침대가 좀 꺼진 것처럼 보이는군요. 그녀가 불을 피울 수 있게 준비해놨어요. 여기, 내가 불을 붙여주죠, 그리고 밖으로 나가 어디에 뭐가 있는지 보여줄게요. 앞문으로 나와서 돌아갑시다. 뒤쪽 계단은 밤에는 좀 위험하거든요."

밖이 확연히 어두워졌고 공기가 축축하고 쌀쌀했다. 그녀가 몸을 떨며 호머를 따라 집의 남쪽으로 돌아갔고 그가 손잡이가 긴 야외 펌프와 뒤뜰에 있는 헛간 여러 채 중 하나인 뒷간을 보여주었다. 뒷간은 구멍 두 개짜리였고, 그녀는 변기 덮개가 파이 끄트머리처럼 주름이 잡힌 구식 에나멜 가로등 반사갓인 것을 알아채고는 흥미롭게 여겼다.

어두운 데다 피곤하고 추워서 그녀가 집 안으로 다시 들어가려는데 호머가 머뭇거리며 서서 어딘가 불편한 얼굴로 그녀를 바라보았다. 그녀는 그가 자신에게 손을 대거나 비난하려고 그럴까 생각했다. 집에 들어가 짐을 풀고 쉬고 싶었다. 오늘 낮은 너무 길었고 생각할 일들이 많았다. 마음이 급했다.

"혹시 누가 말해줬나요?" 그가 물었다. "곰에 대해 말입니다."

3

곰은, 그러니까 항상 있었던 것 같았다. 첫 번째 대령이 그토록 집착한 바이런 경[9]에게는 곰이 있었다. 대령도 곰이 있었다. 그리고 여전히 곰이 있다. 대령이 죽고 나서는—당신이 그들의 말을 믿을 수 있다면—백 살인 조 킹의 아주머니 루시 리로이가 곰을 돌봤다. 하지만 그녀는 이제 없다. 그것은 지금 뒤뜰에 있다. 아마 자고 있을 것이다. 그러나 곰에 대해서 그녀는 알아야만 한다.

"나는 곰에 별 관심 없습니다. 솔직히 말해서 애완동물을 딱히 좋아하지 않아요. 사냥개 구실을 하는 개는 좋아하고 가끔

9) 조지 바이런(1788-1824). 영국의 시인으로 남작의 지위를 지녀 바이런 경으로 알려져 있다.

다친 동물을 데려와 돌봐주기도 했지만. 그런데 캐리가 사람들은 곰을 키우는 것에 꽂혀 있었다고나 할까, 그러니 대령이 죽고 나자 뭐 어쩌겠어요. 그게 거기 있는데. 그래서 우리는 변호사들에게는 별말 하지 않고 곰을 여기 두었죠. 조와 루시가 곰을 돌봤어요. 저기 뒤에 자기 집도 있습니다. 원조 통나무집이죠. 당신은 토론토에서 왔으니 통나무집이 아주 마음에 들 겁니다. 꽤 나이가 있는 곰인데, 그렇게 심술맞지는 않아요.

그들이 여자를 여기로 보낸다고 했을 때 뭘 어떻게 해야 할지 몰랐어요. 남자가 올 줄 알았거든요, 왜 그랬는지는 모르겠지만.

곰은 여기 있고 이 집의 일부예요. 근방에는 곰이 전혀 없는데 어디서 데려왔는지 모르겠어요. 루시는 알지도 모르겠는데 며느리네에 가버렸죠. 곰에 대해 뭐라고 해야 할지 도무지 모르겠더니만 당신은 그럭저럭 괜찮아 보이는군요. 개한테 하듯이 하면 된다고 조가 말했어요. 조가 떠나기 전에 내가 물어봤거든요. 그래도 곰이 당신에게 익숙해지기 전까지 너무 가깝게 가지는 말고요, 나이가 꽤 들었으니까 말이죠. 얼마나 늙은 곰인지는 아무도 모르지만 곰은 스물다섯 살이나 서른 살까지도 사니 그다지 어리지는 않을 거예요. 나는 전쟁이 끝나고 바로 여기로 돌아왔는데 그때도 새끼 곰은 아니었으니 뭐,

물론, 내가 자주 여기 온 것은 아니지만요. 캐리는 어쩌다 한 번씩 식료품 주문할 때 말고는 누가 여기 오는 것을 반기지 않았어요.

조가 개 사료 100파운드[10]를 헛간에 놔뒀어요. 거기 있는 나머지 것들은 다 당신이 오기로 하고 나서 협회가 우리에게 보낸 돈에서 처리했어요.

누가 나한테 곰을 맡겼다면 나는 뭘 어떻게 해야 할지 모를 겁니다. 루시가 곰이 착하다고 했다는 것밖에 할 말이 없는데, 알다시피 어떤 사람들은 인디언을 좋아하지 않고 인디언은 술도 잘 못 마시지만, 여기 주변 사람들은 루시를 신뢰하고 그녀가 착한 곰이라고 했으니까, 음, 당신에게 여기 있는 동안 곰에게 먹이와 물을 줘달라고 부탁해도 될지, 뭐, 그러고 나서 어떻게 할지 결정해보죠."

호머는 급하고 초조하게 읊더니 불 켜진 집 뒤의 어두운 나무 쪽을 보았다가 머리를 저었다가 루의 팔에 손을 올리고 그녀를 베란다 계단 위로 안내했다. 내일 그녀 혼자 모터보트를 타고 정박지로 오는 연습을 해보는 것이 좋겠다고 현관에서 그가 말했다. 4시까지 그녀가 도착하지 않으면 무슨 일이 있는

10) 약 45킬로그램.

지 살피러 오겠다고. 강의 하구가 중앙 수로로 트이는 지점에서 왼쪽으로 도는 것을 기억하면 되었다.

그는 곧 아들을 불러 떠났다.

4

그녀는 집에 들어가 멍하니 부엌 탁자에 앉았다. 모터보트가 멀어지는 소리가 들린 후 정적이 찾아왔다. 탁탁 소리를 내며 타는 벽난로가 보이도록 방문을 둘 다 열었다. 그러니까 여기가 내가 지낼 왕국이란 말이지. 팔각형 집, 방을 가득 채운 책들, 그리고 곰 한 마리.

그녀는 그 사실을 체감할 수 없었다. 꼼짝할 수 없을 정도로 놀라웠다. 이처럼 엄청나게 행복한 발견을 뜻하는 단어가 있어야 마땅했다. 기쁨, 행운, 뭐든 간에 우연히 찾아온—아 그래, 천운. 일을 포기하지 않고도(그녀는 자신의 일을 사랑했다) 여름이 시작될 무렵 멋진 휴양지에, 그것도 주에서 손꼽히게 훌륭한 집 중 하나에 살게 되었다. 조금 외딴 곳이기는 하지만, 그녀는 언제나 자신의 외로움을 사랑해왔다. 게다가 곰의 존재는 마치 엘리자베스 시대에 온 것 같은 이국적인 기쁨을 주었다.

부엌에 있는 가스램프를 별 어려움 없이 켰다. 성냥불을 대고 태엽을 돌리자 탁 하고 부드럽게 불이 붙는 소리가 났다. 따뜻한 불빛 아래에서 개수대 옆 화강암 무늬 양동이에 담긴 물을 국자로 떠서 주전자를 채웠다. 물은 차가웠고 유황 냄새를 풍겼다. 이제는 집 안도 싸늘했다.

차 한 잔을 타 어두운 침실로 갔고, 벽난로 앞 곡선으로 된 긴 소파에 앉아 불길 속을 응시했다. 어떤 괴상한 행운으로 자신이 여기에 오게 되었는지 알 길이 없었다. "나는 행복할 거야." 그녀는 스스로에게 속삭였다.

시골 삼촌 중 하나는 일이 잘 풀리면 이렇게 말하곤 했다. "따뜻한 버터로 가득 찬 욕조에 발 담그고 앉아 있어."

발이 시렸다. 부츠를 벗고 양말을 불기운에 말렸다. 몸을 반쯤 누이자 자신이 지칠 대로 지쳤음을 깨달았다. 기쁨은 진을 빼놓았다. 짐을 뒤져 꺼낸 침낭을 소파 위에 깔았다. 소파 뒤편 대령의 거대한 침대는 위협적인 데다 눅눅해 보였다. 부엌을 정리하고 불을 끄고 브래지어를 풀고 옷을 다 껴입은 채 침낭 안으로 기어 들어갔다. 벽난로에서 나는 소리에 계속 귀를 기울이며 잠에 빠져들었다.

일찍 잠에서 깼다. 집은 추웠다. 굉장히 추웠다. 스웨터를 끌어내리고 침낭을 여며 따뜻해질 때까지 꿈틀대면서 다시 잠들 준비를 했다. 차갑고 상쾌한 공기의 냄새로 자신이 어디 있는지를 실감했다. 집은 장작 연기의 향과 새로 돋은 풀 내음으로 가득했다.

7시가 되자 자리에서 일어나 부츠를 신고 자신의 왕국을 돌아보기 위해 밖으로 나갔다.

장관이었다. 100야드[11]는 될 법한 강 앞의 땅은 이제 막 녹색으로 변하고 있는 넓은 잔디밭으로 가꾸어져 있었다. 둑을 따라 일정한 간격을 두고 일렬로 늘어선 아름답고 웅장한 단풍나무에서는 꽃이 피어났다. 그 너머로 은색 강이 펼쳐져 모래톱 사이사이를 맴돌다가 앙상한 자작나무와 우거진 덤불 속으로 다시 사라졌다. 인적은 찾아볼 수 없었다.

그녀는 모든 동작이, 심지어 온기를 위해 손을 주머니 속에서 비비는 행동도 얼마나 낯선 소리를 내는지 깨달으며 강둑에 우두커니 서 있었다. 주변에 펼쳐진 새로움을, 덤불 가장자리에 있는 노란 버드나무 가지들을, 기울어진 보트 창고를, 나

11) 약 90미터.

무에 돋은 푸른 새순을 하나하나 음미하면서 믿을 수 없을 정도로 훌륭한 이 집을 보려고 몸을 돌렸다.

각지고 육중한 흰 집이 이른 아침의 태양 아래서 어슴푸레 빛났다. 1층에는 지붕이 까만 베란다가 앞치마처럼 달려 있었다. 2층의 창들은 넓고 반짝였다. 지붕에는 굴뚝 두 개와 창이 난 둥 하나가 모자 꼭대기처럼 솟아 있었다. 그녀는 그 완벽함을 믿을 수 없었다.

그때 곰을 떠올렸다. 꿈이 아니었다. 그 남자, 호머라는 남자가 그녀에게 집 뒤에 곰이 산다고 말했다. 처음에 그것은 경이로울 만큼 기묘한 개념처럼 느껴졌으나 곰은 실제로 있는 것 같았다. 그것도 지금쯤이면 분명히 배고플 곰이. 가서 봐야만 했다. 피해봤자 소용없었다.

그녀는 곰이 같이 지내기에 좋은 동무일까 궁금했다.

5

그녀는 동물에 애정이 없었다. 언젠가 키우던 강아지가 차에 치여 죽었을 때 마음에 큰 동요가 일었지만 그립지는 않았다. 새끼 고양이들은 귀찮게 느껴졌고, 한 번 갔던 농장의 송아지들은 그나마 기쁨을 주는 구석이 있었다. 그게 경험의 전부였다. 곰을 생각하면 좋은 시작이라고는 할 수 없었다.

그러니까 말이지, 서재를 먼저 들여다보는 게 좋겠어. 그녀는 생각했다. 잘 아는 것 먼저, 해본 적 없는 건 그다음으로. 그러나 뒷간에도 가야만 했는데 뒷간은 곰이 사는 곳과 같은 방향에 있었다. 용기를 끌어모았다. 그 동물의 얼굴을 마주 보지는 못하더라도 그 건물의 만듦새와 이음새가 흥미를 끌지도 모르니까.

앞에서 보면 집 건물 하나만 고독하게 덩그러니 있는 것 같지만 뒤쪽에는 별채의 군집이 있었다. 이음새에 합판을 대는 방식으로 지은 장작 창고가 다 허물어져가는 통나무집과 옥수수 저장고처럼 생긴 곳으로 연결되어 있었는데, 아마 목재 헛간이거나 닭장의 잔해인 듯했다. 이 모든 것이 울타리로 둘러싸여 하나의 영내를 이루었다.

그녀는 남향으로 난 문을 지나 영내로 다가갔다. 곰은 옛날 통나무집 안에 있을 것이었다. 문가에는 말뚝이, 말뚝에는 끝이 어둠 속으로 사라진 사슬이 있었다. 땅은 질었지만, 진흙에 새로운 발자국은 없었다. 곰에게는 무슨 말을 하지? 그녀는 울타리에 기대서서 생각했다.

"안녕." 그녀가 어둠 속을 향해 부드럽게 말했다. 대답이 없었다. 자고 있나 보다 생각했다. 어쩌면 아직 동면 중인지도 모르지.

그녀는 단 한 번 저도 모르게 다리가 후들거린 적이 있었다. 순록을 맞닥뜨렸을 때다. 곰이 두렵게 여겨질 거라 예상했지만 이곳, 곰이 머무는 문간에 꽤 차분하게 서 있었다. 곰이 그 안에 있고 또 호의적일 거라는 확신이 들었다. 자신이 얼마나 어리석은 자인지 궁금했다.

그녀는 다시 집으로 들어갔고 방충망 문을 쾅 닫았다. 서재에서 그녀가 원하는 일을 시작하려면 그 전에 처리해야 할 것들이 아주 많았다. 지금 짐을 풀지 않으면 쭉 뒤죽박죽 상태로 이곳에서 살게 될 것이 뻔했다. 먼저 개인 물품을 침실에 정리해놓고 통조림통을 부엌 찬장에 대강 쌓았다. 버터나 베이컨처럼 냉장고에 넣어야 하는 것들을 어떻게 할 것인가 결정하는 데 오랜 시간이 걸렸다. 사면으로 된 빵 굽는 녹슨 철판을 찾아 불 위에 올렸다. 검은 무쇠 프라이팬을 닦아서 베이컨을 늘어놓았다. 그녀는 배가 고팠다.

연한 갈색과 초록색으로 아롱진 아침 햇살이 창에서 연신 움직였다. 부엌은 물속 같은 침울에 잠겨 있었다. 아침 식사가 준비되자 그녀는 볕이 드는 곳에 앉으려고 장작 창고 계단으로 들고 나갔다. 자리에 앉으니 곰이 제집 문간에 서서 자신을 빤히 지켜보는 것을 깨달았다.

곰이. 저기에. 빤히.

그녀도 곰을 응시했다.

그녀는 모든 사람은 인생에서 한 번쯤 자신이 플라톤주의자인가 아닌가를 결정해야 하는 때가 온다고 생각했다. 나는 헛간 계단에 앉아 빵과 베이컨을 먹는 여자다. 저것은 곰이다. 인형 곰도 아니요, 곰돌이 푸도 아니요, 항공사 코알라 곰도 아닌, 진짜 곰.

말하자면 반쪽 곰, 그것도 그렇게 큰 반쪽은 아니었는데 입구에 조심스럽게 누워 있어서 크기가 얼마만 한지 알 길이 없었다. 그것은 그저 문간의 거무스름한 먼지투성이 털 더미일 뿐이었다. 긴 갈색 주둥이는 끝이 까맣고 말랐으며 가죽처럼 질긴 것 같았다. 눈은 작고 슬퍼 보였다.

그녀가 아침을 먹는 동안 그들은 서로를 가늠하듯 지켜보았다. 곰이 머리를 돌려 정면으로 그녀를 향했을 때도 눈은 여전히 보잘것없이 작았다. 두개골의 특정한 각도 때문에 그의 시선이 흩어져 그녀에게 바로 닿지 않았다. 그 주둥이와 눈이 이윽고 그녀를 향했다. 위협적이지 않고 오로지 피곤하고 슬퍼 보였다. 생기 있게 움직이는 것이라고는 에나멜 접시에 달그락대는 그녀의 포크 소리에 흠칫거리는 콧구멍뿐이었다.

그녀는 생각했다. 사람들은 곰이라고 하면 인형이라든가, 거리를 두고 따라오면서 킁킁 냄새를 맡다가 끝장을 내버리는 사납고 야만적인 숲속 괴물을 떠올리지. 그런데 이 곰은 그냥 늘어진 덩어리 아닌가.

이내 그녀는 동물에 대해 확실히 아는 단 한 가지를 떠올렸다. 기생적으로 느껴지는, 그들의 대단한 허기. 헛간으로 들어가 자루에서 건사료를 퍼 옆에 놓인 대야에 담았다. 매우 조심스럽게 대야를 곰에게 가져갔다. 그것이 재빠르게 팔을 내밀어 대야를 제 쪽으로 끌어당기고 그 안에 턱을 박는 모습이 어째 조금은 더 밝고 활기차 보였다.

그러다가 그것이 마치 허락이라도 구하듯 그녀를 다시 올려다보았다. 아니지, 그녀는 생각했다. 내가 다른 곳으로 가주기를 바란다는 것이 더 그럴듯하지.

좀 떨어져서 그것이 시끄럽고 게걸스럽게 먹는 것을 지켜보았다. 사료를 다 먹고 나자 그녀를 올려다보며 개미핥기처럼 얇고 긴 혀로 코를 핥았다. 이내 짧고 두툼해진 듯한 혀로 입을 핥았다. 그러고 나서 힘이 아주 많이 드는지 겨우 몸을 일으켜 네 발로 서서 그녀를 향해 다가오기 시작했다.

그녀는 숨을 훅 들이마시고 두 번째로 다리가 후들거리려는 것을 참으며 미동 없이 서 있었다.

곰은 완전히 밖으로 나와 네 발로 선 채 그녀의 전신을 눈에 담으려고 머리를 상하좌우로 움직이며 그녀를 바라보았다. 곰의 코는 생각보다 뾰족했고—아마 오랫동안 곰돌이 인형에 익숙해져서일 거라고 생각했다—눈은 정말로 돼지같이 밉상이었다. 그녀는 뜰을 가로질러 그에게 줄 물 한 양동이를 펌프질했다.

그녀는 꽤 가까이, 감히 엄두를 내지 못하리라 여긴 곳보다 더 가까이에 양동이를 내려놓았는데, 곰이 너무 무기력해 보여서 진심으로 무서워할 수가 없었다. 축사의 입구에 선 그것은 더 작아 보였다. 이제야 그것이 그녀의 엉덩이께에 오는 키에 몸이 기다랗고, 호머라면 볼 만하다고 부를 만한 덩치임을 알 수 있었다. 과부의 혹[12]같이 불룩한 목덜미를 지닌, 장성한 곰.

그것이 물을 마시려고 고개를 돌리자 똥과 사향 냄새가 훅 풍겼다. 의심할 나위 없는 수컷임을 그녀는 알아보았는데 몸의 뒷부분에는 진흙이 엉겨 붙어 있었다. 목이 마른 듯 급히 물을 마시고서 헛간 문가에 다시 몸을 웅크렸다. 멍청하고 패배감에 찌들어 보였다. 그녀는 그것이 닿지 않을 곳에 쪼그리고 앉아 지켜보았다. 코는 개와 비슷했지만 더 넓었다. 주둥이는 좁았고 눈은 가까이 붙어 있었다. 보기에 훌륭한 짐승은 아니었다. 그리고 항상 저 사슬 끝에 묶여 살았다면 그럴 만도 할 것이다. 다시 광이 좀 나도록 해줄까, 데리고 산책이라도 갈까, 그녀는 활기차게 생각했다.

"곰. 너는 누구고 대체 무엇이니?" 그녀가 속삭였다.

곰은 대답하는 대신 무한히 피로한 모습으로 고개를 그녀

---

12) 목 뒤에 지방이 축척된 증상으로 과부의 혹, 버팔로의 혹, 버섯 증후군이라는 별칭이 있다.

쪽으로 돌리더니 눈을 감아버렸다. 그녀는 커피를 마시고 담배를 피우며 한참이나 그것을 지켜보고 앉아 있었다. 예전에 조카 몇을 데리고 곰에 관한 허접한 영화를 보러 간 적이 있었다. 그게 다였다.

이 곰 말이야, 호감 가는 동물은 아니로군. 그녀는 결론 내렸다. 사나운 구석이라고는 없어. 야생 짐승이 아니라 남편이 오기만을 밤이면 밤마다 기다리고 앉아 있다가 시간은 소멸하고 오로지 기다림밖에 남지 않은, 패배감에 젖다 못해 머리가 어떻게 되어버린 중년 여자 같군. 그를 충분히 감당할 수 있겠다고 결론짓고 집 안으로 들어갔다.

설거지를 끝낸 뒤 왼손잡이인 자신에 맞춰 부엌 찬장에 든 물건을 새로 배치하며 시간을 조금 보냈다. 이런 곳에는 버드나무 무늬[13] 아니고서는 어울리지 않는데 부엌 집기에 그런 무늬가 없어 혼자 탄식하다가 더 이상 일을 미루는 건 그저 달콤한 미적거림에 불과함을 알았으므로, 둥근 집의 구조를 따라 천천히 걸어서 응접실과 현관을 지나 층계 아래에 다다랐다.

이런 지역에 이처럼 지나치게 고급스럽고 난방도 하기 어려

---

13) 흰 바탕의 자기瓷器에 정교하고 화려한 파란색 무늬를 입힌 것으로 중국 양식에 영향을 받아 18세기 말 영국에서 유행했다.

운 집이라니, 골상학을 신봉하는 설계자[14]가 아무리 이 모양이 뇌에 좋다고 생각했어도 정말 어처구니없는 일이군, 생각했다. 북쪽 지방의 통나무집과 튼튼한 사각형 농가들 가운데 이 같은 집을 짓는 것은 식민주의의 허세였다. 그녀는 겨울바람이 울부짖을 탁 트인 계단을 생각하며 몸을 떨었다. 그는 이런 집의 설계도 따위를 팔면서 집에서 직접 만든 스투코[15]로 미장할 것을 권했는데 그것은 내구성이 파리 끈끈이 종이 정도로 드러났다. 그는 우리가 다들 조심해야 한다고 배운 바로 그런 미국인이었다.

그녀는 이민자들의 바보짓이 실용성 없다고 불평하며 빛을 향해 계단을 올랐다. 층계 꼭대기에 다다르자 불타는 햇살에 그대로 얼어붙었다.

두 굴뚝이 층계를 감쌌다. 그 위로 창유리로 된 거대한 등이 반짝였다. 그것을 제외하면 2층은 탁 트여 있었다. 벽 네 면에는 붙박이 선반 위까지 오는 창이 나 있고 나머지 네 면에는 유리문이 달린 책장이 벽지처럼 벽을 메우고 있었다. 벽난로들 앞에는 매우 너른 소파와 폴리오 판[16] 책이 잔뜩 쌓인 낮은

---

14) 골상학자였던 팔각형 집의 창시자 오르슨 파울러를 가리킨다.

15) 양각 부조 등의 벽 장식이나 마감에 쓰이는 회반죽.

16) 305×483밀리미터로 영어권의 책 판형 중 가장 크다.

탁자들이 있었다. 정교한 놋쇠 틸리 램프[17]가 강을 마주 보는 선반 위에 매달려 있었다. 창에는 해상용처럼 보이는 캔버스 천 가림막이 말아 올려져 있었다.

전면 창으로 보이는 강은 또 다른 차원이었다. 느릿느릿 흘러 수로에 도달하는 강을 바라보았다.

그녀는 조용히 서서 창턱 위에 놓인 놋쇠와 가죽으로 된 망원경을 만지작거리며, 망원경 양쪽에 놓인 지구본과 천체본의 먼지를 털어냈다. 만약 책들이 모두 신통찮은 보스턴 번연[18]이라면, 아직은 그 사실을 알고 싶지 않았다. 북쪽 벽난로 옆 탁자로 가서 폐허를 그린 판화집 한 권을 펼쳤다. 피라네시[19]다. 한참 동안 허물어진 기둥들을 보았다. 그러고는 뒤쪽 창으로 걸어가 빈 선반에서 죽은 파리 한 마리를 쓱 쓸어내고 밖을 내다보았다. 곰이 그녀를 올려다보고 있었다.

---

17) 휴대용 석유램프 상표명.

18) 영국의 청교도 목사이자 작가인 존 번연(1628-1688)의 1678년 작《천로역정》은 기독교인의 영성적 여행을 그린 신학적 우화적 소설로, 1830년대 빅토리아 시대에 대유행했으며 식민지에서도 널리 읽혔다. 영국 청교도들에 의해 세워진 보스턴은 청교도 윤리관을 바탕으로 한 교육 기관의 설립과 무역, 제조업 등 상권의 발달로 식민지 중에서도 문화적 사회적으로 가장 번영한 도시였다. '보스턴 번연'은 번연이 쓴 소설의 보스턴판, 또는 엄격한 도덕관념에 더해진 지성주의적이고 엘리트주의적인 과시적 태도를 표현한 것으로 볼 수 있다.

19) 지오반니 바티스타 피라네시(1720-1778). 이탈리아의 판화가로 고대 로마 유적, 가상의 지하 감옥 연작으로 유명하다.

경외감으로 천천히 물속을 걷듯 방을 거닐었다. 서재는 금빛과 초록빛으로 가득 찬 바다 같았다.

그녀는 어디서부터 시작하면 좋을지 고민했고 책장을 느긋하게 훑으며 주제와 연대를 헤아려보는 일에 탐닉했다. 그녀 앞에 펼쳐진 것은 명석하고 어떻게 보면 전형적인 19세기 초의 취향으로 백과사전, 영국과 그리스의 역사, 볼테르, 루소, 지질학과 지리학, 지구물리학적 추론, 좀 더 현실적인 철학자들, 그리고 끝도 없는 소설가들이었다. 그녀는 이만큼 시대를 완벽히 반영하는 서재가 또 어디 있을까 생각했다. 자신이 맡은 일로 여름을 다 채우지 못하리라는 걱정은 되지 않았다. 두려움은 없었다.

아래층으로 내려가 종이, 타자기, 자료 정리 카드를 가지고 올라왔다. 즉시 앉아서 협회장에게 모든 게 무탈하다는 편지를 쳤다. 그러고 나서 손목시계를 보았고 호머의 가게로 떠나야 할 시간임을 깨달았다.

6

그녀가 팔꿈치를 어떻게 꺾으며 당겨야 모터가 작동하는지 알아내려 여전히 애쓰고 있는데, 호머가 곶을 빠르게 돌아 그녀 옆에 배를 댔다. 햇빛 아래서 그를 보았다. 그는 얼굴이 기민해 보였고, 둥근 플라스틱 테 안경은 분홍색이었으며, 틀니는 정말이지 가짜 티가 났고, 볼에는 군데군데 끊어진 핏줄이 보였다. 초록색 드릴공 모자를 쓰고 빨간 매키노 재킷을 입고 있었다. 그녀는 그가 맘에 들었다.

엔진을 잘 켜는 방법을 그가 다시 한번 시범 보인 후 그녀는 그를 따라 수로를 내려갔다. 그가 뒤돌아 올해는 수위가 낮다고 소리쳤고 모래톱의 이름을 알려주며 모래톱과 섬의 차이를 아냐고 물었다. 나무가 있어야 섬이었다. 여기서 그런 것은 중요했다.

저기 저 섬은 어느 봄 늙은 버드 부인이 자식 열한 명과 함께 다 죽어가는 상태로 발견된 곳이다. 1월의 어느 날 그녀의 남편이 얼음판을 건너 생활용품을 구하러 나섰다가 물에 빠진 것이 틀림없었다. 그녀와 자식들은 순무로 겨울을 났다. 모두 무사했지만, 그녀가 병원에 어찌나 오래 입원해야 했던지 결국 아동구호협회가 나서서 아이들을 다른 사람들에게 맡겼다. 그녀가 아흔네 살까지 살았음에도 자식 중 단 한 명만 그녀를 보러 돌아왔다. 얼음이 불량한 겨울이면 사람들은 여전히 행방불명되곤 한다고 그가 말했다.

호머의 식료품 가게는 취향이 세련된 이에겐 부족하게 느껴질 수도 있겠지만, 필수품은 전부 구비하고 있었다. 그녀는 자신이 캠벨 통조림 수프와 볼로냐 샌드위치, 땅콩버터 샌드위치 따위를 먹으며 자란 것이 다행스러웠다. 그는 말라비틀어진 감자, 옹이 진 당근, 그리고 시든 양배추를 팔았는데 현지에서 생산된 괜찮은 치즈와 색이 연하고 크림 함량이 높아 부드러운 버터도 있었다. 야채 상태를 두고 그가 사과했다. "토론토에서 이것들을 가지고 올라와야 하는데 보존이 잘 안 돼요. 당신도 우리처럼 순무와 양배추 같은 걸 먹어야 할 겁니다." 그녀는 큰맘 먹고 메이플 시럽 1쿼트[20]를 샀고 우편물을 가장 가까운 마을에서 가져다달라고 그에게 부탁했다.

호머가 직접 가게를 봤다. 다른 사람은 아무도 들어오지 않았다. 그녀는 건물 뒤편에서 문이 쾅쾅 닫히는 소리와 누군가를 부르는 목소리들에 신경이 쓰였는데, 그의 아내나 다른 가족의 흔적은 보이지 않았다.

"곰은 어쩌고 있죠?" 그가 물었다.

"아, 그냥 잘 있어요, 내 생각엔." 그녀는 달리 무슨 말을 해야 할지 몰라 그렇게 대답했다. "그렇게 묶여 있으니 좀 비참해 보이더군요."

"잊지 마세요, 아무리 사람 같아도 그건 결국에는 야생동물이니까. 맘 약해지지 마세요."

"그 사람들이 곰을 산책시켜주기도 했나요?"

"그들이 무슨 저세상 염병을 떨었는지 나로서는 알 길이 없어요, 욕을 해서 미안하지만."

"수영이라도 하면 낫겠더군요."

"나 같으면 허튼짓은 않을 거예요. 고생하면서 알아가야 할 겁니다. 헛간 안에 웅크리고 앉아 있을 때야 뭐 별거 아닌 것으로 보일 수도 있겠지만 말이죠, 곰은 육중한 동물이에요. 일

---

20) 약 0.95리터.

격에 머리를 날려버릴 수도 있어요. 600파운드[21]는 나갈 거라 장담합니다."

"리로이 부인도 산책시키러 데리고 나간 적이 없나요?"

그가 씩 웃었다. "아, 그녀는 웃긴 사람이죠. 곰과 같이 있는 그녀를 본 적이 있어요. 딱딱한 부엌 의자 하나를 뒤뜰에 꺼내 놓고 앉아서 곰에게 몇 시간이고 그냥 말을 하곤 했죠. 프랑스 말 같기도 하고 크리 말 같기도 하고, 못 알아듣겠더군요. 리로이 부인은 뜨개질을 끝내주게 잘하거든요, 그러니까 날씨가 좋은 날이면 거기 앉아서 주절대며 1분에 1마일[22]은 뜰 겁니다. 둘이 함께 있는 건 아주 볼 만했어요." 그는 다시 찔리는 데가 있는 것 같은 눈을 했다. 생각은 났지만 말해주고 싶지 않아 하는 무언가가 있었다.

"사납지는 않죠, 안 그래요?"

"그 곰이요? 아이고 무슨 말을. 그런 건 아니고…… 말하자면, 그러니까 그냥 평범한 늙은 곰인데 사슬에 너무 오래 묶여 있었으니까 풀어주면 무슨 일이 벌어질지 누구도 알 수 없어요. 당신을 죽일 수도 있고, 그냥 거기 앉아 있을 수도 있고, 뜰을 건너가서 오줌을 눌 수도 있겠죠. 그런데 풀어줘서 도망치기

---

21) 약 270킬로그램.

22) 약 1.6킬로미터.

라도 한다면 리로이 부인도 그렇고 강변을 따라 더 뒤쪽에 사는 농부들이 당신을 탐탁지 않게 여길 겁니다."

그녀는 그러지 않겠다고 약속하고 혼자 모터보트를 몰고 잔잔히 흐르는 강을 따라 집으로 돌아왔다. 강물은 어두웠지만 투명하고 금속성을 띠었으며, 손을 넣어 물살을 가르기에는 너무 차가웠다. 그녀는 모래톱과 섬과 갈대가 무성한 강변 사이를 지나 부두에 도착했고 외딴집으로 식료품을 날랐다.

그날 저녁, 걸레를 들고 위층에 올라가 책상 속 잉크통, 펜꽂이, 그리고 노랗게 바랜 지구본과 천체본을 닦아 광을 냈다. 저물어가는 빛 속에서 아무도 없는 강의 하구가 보일 때까지 망원경을 만지작거리며 수선을 떨었다. 그러고는 틸리 램프를 켜고 라벨 용지 한 통을 타자기에 넣고, 한 사람이 내면적이고 개인적으로 고안한 구조에 억지로 순서를 매기는 오만한 일을 시작했다. 그 숫자들은 그가 어떤 사람인지 가르쳐줄 것이다.

처음에 그녀는 빠르게, 거의 필사적으로 일했다. 미지의 기쁨이 그녀를 기다리고 있다는 예감, 그리고 그것이 쉽게 사라질지도 모른다는 기분이 들었다. 성실하고도 능률적이어야만 했다. 그 기분은 마치 아침과 저녁의 공기에 깃든 향기와 같아서 손을 뻗으면 도망가는 신비로운 것이었다. 모두가 로빈슨 크루소가 되고 싶어 하지만 되다 만 어중간한 로빈슨 크루소는 정말이지 견딜 수 없는 일이다. 지금의 체험이 사라지지 않도록 하려면 당장 일을 시작해야 한다고 생각했다.

한 시간 후 그녀는 몸을 떨고 있었다. 아래층으로 내려가 웃옷을 껴입고 주전자를 불에 올렸다. 뒷간에 가는 길에 야광으로 반짝이는 곰의 녹색 눈이 그녀를 따라 움직이는 것을 보았다. 그녀가 뜰을 가로질러 뒷문으로 가자 그가 자리에서 일어나 낮은 소리를 냈다. 그녀는 꼼짝 않고 서서 그의 어두운 형체를 알아볼 수 있도록 눈이 어둠에 적응하기를 기다렸다. 그는 목덜미보다 낮게 머리를 숙이고 느릿느릿 앞으로 걸어 나오며 수줍은 얼굴로 그녀를 바라봤다. 사슬이 늘어날 수 있는 최대치에 이르자 그는 다리를 깔고 앉아서 돼지처럼 킁킁댔다.

그녀는 헛간의 어둡고 거친 바닥을 조심스레 지나 안으로 들어가서 저녁 먹고 남은 것을 그에게 가져다주었다. 그는 즉시 그것을 먹어치우고 간청하는 듯한 눈으로 그녀를 바라봤다. 그녀는 가능한 한 멀리 떨어져 서서 굳은 손을 내밀었다. 그가 둥글게 말린 길고 도돌도돌한 혀로 손을 핥았지만 그녀가 머리를 쓰다듬으려고 하자 고개를 옆으로 홱 돌렸다.

다시 위층에서 그녀는 어둑어둑한 빛 아래 책장을 유희하듯 둘러보곤 애정 어린 손길로 네모난 놋쇠 열쇠를 돌려 여기서 한 권, 저기서 한 권을 천천히 조심스럽게 빼냈다. 장서는 매우 훌륭했지만 학자적인 성향이 묻어난다고는 할 수 없었고, 19세기를 세 가지 언어로 다루게끔 캐리의 후손들이 관리해놓았다. 흄. 스몰렛. 흄과 스몰렛 공저. 역시나 바이런, 그리고 다른 낭만주의 작가들. 셰리든, 디킨스. 새커리. 엘리엇. 트롤럽은 없군. 개스켈 부인. 불워-리튼. 아, 다윈도 있군—하지만 초판은 아니다. 제인 오스틴, 그럼 그렇지. 드 모파상. 라마르틴. 괴테와 실러 외에도 독일어로 된 것들이 많았지만 그녀는 독일어를 읽을 줄 몰랐다.

여성 작가들 목록으로는 헤먼스 부인("소년이 불타는 갑판에 서 있다……")과 일라이자 쿡("나는 그것을 사랑한다 사랑한다 그러니 감히 누가 대체/ 내가 저 낡은 안락의자를 사랑하는 것을 꾸짖는단 말인가"). 영의 《밤의 상념Night Thoughts》. 아, 모든 것이 있었다.

그녀는 독서를 사랑했기에 이 일을 하게 됐다. 굉장한 서가를 찬찬히 들여다보자 자신이 이제는 얼마나 책을 읽지 않는지 날카로운 깨달음이 그녀를 덮쳤다. 자신의 업무는 대부분 해독이 불가능한 서류와 지나치게 많은 것들이 겹겹이 쓰인 지도를 살피는 것이었다. 책이라면 오로지 외관에만 신경을 썼다. 여기서는 책을 읽을 시간이 충분할 것이다.

브루엄 경의 지휘 아래 '유용한 지식 진흥 협회'에서 출간한 《페니 백과사전》 한 권이 옆으로 누워 있는 것을 발견했다. 책을 들어 올리자 종이 한 장이 발치로 유유히 떨어졌다.

멋들어진 곡선의 아주 세밀한 갈색 손 글씨로 이렇게 쓰여 있었다. 린네가 만든 분류 체계[23]에 따르면, 우르수스[24]는 무스텔라[25]와 디델피스[26] 사이에 있다. 우르수스 중에는 진정한 곰 악토스, 오소리 멜레스, 너구리 로토르, 그리고 늑대오소리 루스쿠스가 있다. 보행: 척행蹠行. 어금니: 결절로 이루어짐. 몸집: 큼. 육식. 과일 주식. 꼬리는 대체로 짧음. 뇌와 신경계가 꽤 발달함. 땅을 팔 수 있는, 안으로 숨겨지지 않는 발톱. 예민한 감각. 다른 사족보행 동물에 비해 인간과 비슷한 원통형 뼈를 가지고 있음, 특히 대퇴골. 그러므로 뒷발로 서서 춤출 수도 있음. 혀는 긴 방향을 따라 홈이 나 있다.

포도송이처럼 엽으로 이루어진 간. 정낭精囊 없음. 음경에 뼈가 있음. 암곰의 질은 세로 방향을 따라 고랑이 져 있다. 음핵은 깊은 공동 속에 존재한다.

삼나무 장작에서 불꽃이 쏟아져 내렸다. 그녀는 손 글씨를 자신의 자료에 있는 견본들과 대조해보았다. 의심할 나위 없는 캐리의 것이었다. 램프가 어두워지자 침대로 향했고, 종이

---

23) 스위스의 생물학자 칼 폰 린네(1707-1778)가 제시한 동식물 분류 체계.

24) 곰속 학명.

25) 족제비속 학명.

26) 주머니쥐속 학명.

뒷면에서 읽은 것들에 대한 꿈을 꾸었다. 드높은 캄차카반도 사람들이 곰의 창자로 만든 방한 마스크를 쓰고 창문을 통해 그녀를 지켜보는 것을 보았고, 그들이 뾰족하게 간 곰의 견갑골로 벤 풀이 휘날리며 떨어지는 날카로운 소리를 들었다.

7

도시의 아침이란 오로지 견뎌내는 것이다. 진정한 어두움이 없는 만큼이나 새벽도 없다. 비 온 뒤나 청소 후의 젖은 길에 타이어가 요란하게 끼익대는 소리만이 있을 뿐이다. 이곳에서 그녀는 또다시 몸을 떨며 잠에서 깨어났고 마치 한 마리의 동물처럼 공중에 코를 대고 냄새를 맡았다. 침실에 든 빛은 놀랍도록 희었다. 남작에게나 어울릴 법한 대령의 침대에서 내려와 창가로 갔다. 온 세상이 늦은 봄눈으로 북슬북슬하게 덮여 있었다.

운전하고 있거나 다 죽어가는 것이 아니라면 누구라도 흥분할 만한, 잘 뭉치는 부드러운 눈이 초록색으로 변하는 가지에서 벌써 애벌레처럼 떨어지고 있었다. 그녀는 또 킁킁대며 냄새를 맡았다. 눈은 눈만의 차가운 냄새가 있다. 부츠를 신고 밖으로 나가 눈밭에 오줌을 누었고 마지막으로 눈을 노랗게 물들인 게 얼마나 오래되었는지 생각했다. 곰의 기척은 없었다. 다시 동면하려고 우리로 기어 들어갔으리라.

그녀는 밖에 서서 귀를 기울였다. 작은 새들이 지저귀었다. 강물이 갈대와 돌을 빨아댔다. 가지가 서로 부딪치며 탁탁 꺾였다. 새의 발이 마른 잎사귀 속에서 바스락댔다. 그건 사실 곰이 제집에서 훌쩍대고 코를 골며 자는 소리일지도 모른다.

눈의 융단이 깔린 소중한 고요를 깨뜨리고 싶지 않은 마음에 집 안으로 들어갔다. 초조하게 국자로 양동이를 긁어 주전자에 물을 채웠다. 옷을 입는데 찌익 소리가 들렸다. 쿵쿵대며 신발을 신었고, 신발 끈을 묶을 때 끈끼리 마찰하며 웅웅대는 소리가 났다. 구운 빵을 버터 칼로 긁었다. 숟가락으로 달각달각 커피를 저었다. 모두가 적막과 함께 살 수 있는 것은 아니군, 그녀는 생각했다.

곰에게 줄 음식이 든 그릇을 덜그럭대자 그가 허름한 집에서 나왔다. 그는 전처럼 겁먹은 표정을 하고서 앞발로 접시를 자기 쪽으로 끌어당겼다. 그녀가 손을 내밀었다. 그가 잠깐 그녀의 손바닥에 주둥이를 갖다 댔다. 그러고는 먹기 위해 고개를 돌렸다. 좋아. 그들은 점차 친구가 되고 있었다.

그녀는 아름다운 빛 속에서 색인과 분류 작업을 하려고 위층으로 갔다. 대령의 유언장에는 장서를 집에서 떼어놓지 말라고 명시되어 있었다. 그녀와 협회장은 토지와 건물이 적절하다면 여기에 협회의 여름 지부를 세우자고 꾀를 모았었다. 지금 와서 보니 대령이 소유했던 자료들은 모두 외국에서 들여온 것 같았다. 연구자들이 이곳을 사용하려면 자료가 지역 역사와 관계있다는 전제가 필요했다. 1825년 런던에 대해 알아내려고 온타리오 북쪽에 오지는 않지.

그런데 과연 그럴까? 그녀는 장난스럽게 되물었다.

눈은 일하는 중에도 계속 가지에서 떨어지며 그녀의 시야에 스쳤다. 정오쯤 되자 눈은 다 사라졌다. 부츠를 신고 탐험하려고 밖으로 나갔다.

막상 섬에 발을 내딛고 나면 잘 잊곤 하지만, 섬은 당연히 물의 생명체다. 이 섬은 작았다. 캐리의 개간지는 거의 헤치고 들어갈 수 없을 정도로 빽빽한 수풀로 둘러싸여, 수풀이 모래사장 없는 강가로 바로 가 닿았다. 그러나 집의 남쪽으로는 섬 남단의 곶까지 길이 나 있고, 거기에는 대령의 웅장한 단풍나무 중 하나에 망대 같은 것이 지어져 있었다. 그녀는 나무 사다리를 타고 올라가 마치 만화에 나오는 선원처럼 손으로 햇빛을 가린 채 강 하구를 한참 지나 내륙으로 들어온 바다의 탁 트인 해안 지대까지도 내려다볼 수 있었다.

수풀의 틈을 발견하고 마치 이방 교회에 침범하는 이교도 같은 엄숙한 마음으로 숲속으로 들어섰다. 푹신푹신한 땅에는 반쯤 깨어난 곤충들이 꿈틀대며 들끓었고, 아침 눈이 아직 여기저기 희게 남아 있었다. 그녀는 섬에서는 길을 잃을 수가 없다고 자신을 안심시키며 상승하는 지대를 따라 어질러진 비탈길을 올랐고 아주 조그만 연못에 다다랐다. 습지의 가스인지 비버의 숨인지 모를 거품이 깊고 검은 연못 아래서부터 느릿느릿 올라왔다. 위를 올려다보니 죽은 나무 저 위에 자신에게 악의를 품은 듯한 참매 한 쌍이 있었다. 운동도 할 겸 팔을 앞뒤로 흔들며 집으로 돌아왔다. 수영할 수 있을 만큼 따뜻했다면 좋았을 거라고 생각했다.

일하러 위층으로 올라갔다. 아무리 느긋하다 해도 그녀는 궁극적으로 맡은 바를 다하는 사람이었다. 책상에 앉아 기록해야 할 것들을 기록하기 시작했다. 그러다가 문득 곰이 눈에 어떻게 반응할까 궁금해져서 곰 생각에 빠져들었다.

곰의 거대함이, 아니, 정확히 말해 제 몸집에 대해 다양한 인상을 주는 그의 능력이 그녀를 흥분시켰다. 어제는 털 코트처럼 저기 서서 나를 쳐다보았는데. 오늘은 무슨 너구리 같았다. 그가 지금은 무엇처럼 생겼는지 보려고 창가로 다가갔고 굉장히 이상한 종류의 소리를 들었다. 낮게 홍알홍알하는 것 같기도 하고 우는 것 같기도 했다. 그러나 자신의 높은 둥지에서는 아무것도 보이지 않았다.

그녀는 아래층으로 내려갔다. 뒷문으로 나갔다. 바로 거기, 계단 위에 몹시 나이 많은 노인이 앉아 있었다. 그녀가 곰을 향해 알아듣지 못할 말을 홍알홍알 지껄이고 있었다.

늙은 인디언 여자였다. 루는 그녀를 보고 어렸을 때 카디건을 여러 겹 입은 채 운동화를 신고 길에서 한 주먹에 10센트짜리 사탕을 팔던 이 없는 쭈그렁 인디언 노파를 떠올렸다. 루가 그걸 사면 모친은 돈 낭비라고, 구걸의 방식이라고 했다.

그녀가 곰에게 중얼댔고 곰은 반은 제집 밖에 반은 안에 걸친 채로 누워 그녀를 주시했다. 곰의 한쪽 눈이 한 번 깜빡였다.

루시 리로이가 바로 주위를 둘러보았다. "안녕." 그녀가 잇몸만 있는 입으로 웃으며 쪼그라든 손을 내밀었다. 그녀는 완전히 쪼그라들어 있었다. 루는 핀으로 고정된 낡은 옷 아래에 있는 몸을, 주름과 세월의 흔적들을, 케케묵은 얄팍한 젖꼭지를 상상했다. 나도 저렇게 될 거야. 그녀는 생각했다.

그러나 그 여자의 눈은 마치 생굴처럼 살아 있었다. 그녀가 다시 손을 내밀며 "새로 온 아가씨" 하고 말했다. "새로 온 아가씨. 좋은 곰. 착한 곰."

"보트 소리를 못 들었어요."

루시가 계속 그녀의 손을 잡은 채 사람을 불안하게 만드는 미소를 지었다. "착한 곰. 착한 아가씨. 곰을 잘 돌봐."

"곰을 어떻게 돌봐야 하는지 잘 모르겠어요." 어느 정도 도시 물이 든 그녀가 대답했다.

루시의 살아 있는 눈에 주름이 잡혔다. "좋은 곰. 곰 너의 친구. 나는 옛날 어린 소녀였어. 나는 스위프트 커런트[27]에서 왔어. 결혼해서 여기에 왔지. 지금은 니비쉬에 살아. 착한 곰이야. 나는 백 살이야. 나는 읽을 줄 알아. 선교 학교에 다녔어."

"그럼 곰은요?"

루시의 얼굴이 불가해한 즐거움으로 주름졌다. 그녀는 백 살로 보이지 않았고 다만 영원처럼 느껴질 따름이었다. "곰과 똥을 싸. 곰이 당신 좋아한다 그럼. 아침, 당신이 싸고 그도 싸고. 곰은 냄새로 살아. 곰 당신 좋아한다."

루는 몸서리쳐지는 것을 애써 참았고 모터보트 소리를 들었다. 루시가 일어섰다. 그녀는 겨우 루의 가슴께에 닿을까 말까 했다. 늙고 구부정했다. "저건 조다. 나는 간다."

---

27) 캐나다 서스캐처원주의 도시.

탁, 타닥, 그녀가 떠났다. 곰은 움직이지 않았고 루도 매한가지였다. 그럴 시간이 전혀 없었다. 루시가 갔다. 그뿐이었다. 백 살 먹은, 번뜩이는 눈을 가진, 이가 없는 루시. 보트가 총알처럼 멀어져갔다.

루는 쭈그리고 앉아 곰을 쳐다보았다. 그녀는 뒷간의 주름 장식이 달린 에나멜 변기 뚜껑을 떠올렸다. 유럽식 변기의 구멍과 발자국도 떠올렸다. 그녀는 곰을 보고 웃음을 터뜨렸다. 곰도 따라 웃는 것처럼 보였다.

8

다음 날 아침, 그녀가 밖으로 나갔을 때는 뒤늦게 눈이 내렸던 이상기후를 만회라도 하듯 햇살에 따뜻한 기운이 확연했다. 잠시 햇볕 아래 서 있다가 기지개를 켰다. 햇살이 그녀의 잠옷을 뚫고 갈퀴처럼 피부에 와 닿았다. 잠깐 고민하다가 발꿈치를 들고 조심스럽게 곰의 통나무집으로 걸어가 벽 옆에 쭈그리고 앉아서 어렵게 겨우 대변을 보았다. 몸은 안에 두고 머리만 햇볕 아래 내밀고 누워 있던 곰은 그저 콧구멍만 벌렁거렸을 뿐이었다.

"나와봐." 굴욕적인 일을 마치고 그녀가 말했다. "얼른." 사슬을 당겼다. 말뚝에서 사슬을 벗겨냈다. 처음에 그는 아무런 반응이 없었다. 그러더니 피곤한 듯 비틀거리며 일어났다. 그녀가 줄을 세게 당기자 그는 터벅터벅 따라왔다. 그가 자신을 매달고 끌며 달아나 치명상을 입게 되지 않기를 바라며 그를 물로 데려갔다.

그는 긴장했고, 소극적이었다. 사슬에 팽팽함이라고는 없었다. 그녀는 부츠를 벗어 발로 차버리고는 잠옷 바지를 훽 걷어 올리며 조심스럽게 그를 물속으로 이끌었다. 그는 자리에 앉아 흙이 들러붙은 엉덩이를 돌에 대고 씰룩댔다. 그러고는 가벼운 신음을 내더니 물을 마시려고 머리를 내렸다. 끝. 신호를 구하듯 올려다봤다. 그가 뭘 하면 좋을까? 그녀는 자신의 새파래진 발을 보고는 그를 앞세우고 물 밖으로 나가 새로 돋은 따뜻한 풀 위로 올라갔다. 그가 줄을 당기며 앞으로 걸어가다가 마음을 바꿔 다시 그녀에게 돌아왔다.

그녀에게 이 작은 첫 번째 반항은 삶의 회복이었고 반항 속에서 큰 기쁨을 느꼈다. 그녀는 사슬을 놓치지 않을 정도로만 느슨하게 잡았다. 그가 다시 한번 얕은 물 아래로 들어가 몸을 크게 흔들자 주위로 물결이 원을 그리며 퍼졌다. 짧은 꼬리가 뒤에서 연신 움직였다. 그가 앞쪽으로 슬금슬금 나아가더니 앞발로 물을 내리쳤다. 그녀는 잠시 그가 줄을 끌고 달아날까 두려웠지만 웬걸, 사슬 끝에 도달하자 그는 뒤로 물러섰고 그녀에게 등을 돌린 채 편하게 앉아 주변 공기의 냄새를 맡았다.

그녀는 충동적으로 손으로 물을 떠 그의 위에 부었다. 그가 몸을 흔들며 탈탈 털었다. 탄성을 지를 뻔했다.

이후 기슭에서 그가 몸을 털어 그녀를 쫄딱 적셨다. 그녀는 웃음을 터뜨리며 그의 사슬을 완전히 놓아버리고 집으로 달려갔다. 장작 창고에서 찾아낸 오래된 빗으로 곰 옆에 앉아서 털을 빗겨주었다. 난 정말 좋은 엄마로군, 그녀는 생각했다.

오후에는 또 다른 책에서 새로운 종이 한 장이 떨어졌다.

수명 목록

오리너구리 10년

침팬지 40년

캐스터[28] 19년

당비 15년

늑대 16 1/2년

우르수스 악토스[29] 34년

레오[30] 30년

---

28) 비버속.

29) 곰속 불곰종.

30) 표범속 사자종(판테라 레오).

엘레파스[31] 69년

그녀는 종이를 들여다보았다. 뒤집고 또 뒤집었다. 그러니까 그는 곰에 관한 사소한 사실을 기록했군. 하느님이 보우하사 다른 것에 대한 사소한 사실도 기록했기를 바란다, 이 이기적인 작자 같으니라고. 협회가 필요한 것은 훌륭한 집이나 진귀한 동물학적 외설서가 아니라 이 지역의 정착에 관한 역사의 빈 곳들을 채워줄 자료였다. 예수회의 시찰부터 1878년의 재답사 사이의 기간에 해당하는, 이 구區에 대한 연구 자료는 전혀 없고 캐리는 그녀에게 작은 쪽지나 보내고 있다—그것도 곰에 대해. 그의 책을 하나하나 들어 올려 책등이 떨어져 나갈 때까지 마구 흔들고 싶었다. 그러는 대신 조심스럽게 그의 쪽지를 기록하고 날짜를 기입하고 봉투에는 그것이 떨어진 책의 이름을 표기했다. 어쩌면 자신이 아주 나이를 먹고 나서 여기로 돌아와 날짜와 책 제목의 첫 글자들을 따서 신비로운 시를 짓고, 생의 묘약이라도 발견한 것처럼 여길지도 모를 일이었다.

"캐리, 이 아무짝에도 쓸모없는 늙은이 같으니라고." 그녀는

31) 아시아코끼리속.

벽난로 위에 걸린 그의 초상을 올려다보며 저도 모르게 말했다. 진홍색 제복은 분홍으로 바랬지만 볼은 인형처럼 발그스름하고, 콧등은 햇빛에 부식되었으나 검은 눈은 여전히 번쩍이는 호리호리하고 우아한 대령이 먼지 앉은 유리 뒤에서 그녀의 시선을 맞받았다.

창 밖을 내다보려고 몸을 돌렸을 때 그녀는 그의 눈이 따라오는 것 같다고 생각했고, 그 순간 자신은 한 팔에는 《아탈라 Atala》[32]를, 다른 팔에는 《오루노코》[33]와 '가능성' 브라운[34]의 안내서들을 끼고 담대하게 새로운 세계를 향해 나아가는 캐리였다. 그녀는 서둘러 그의 손녀가 남긴 글로 도피했다. "존 윌리엄 캐리 대령은 그레이트 말로의 왕립 군사학교에서 인문학 교육과 군사교육을 받았고, 외국에 나가서도 학구열은 계속되었습니다. 그 결과 몰타에서 바이런과 박식한 대화를 나눌 수 있을 소양을 갖췄습니다. 지금은 이탈리아가 된 곳에 주둔할

32) 프랑스 작가 프랑수아-르네 드 샤토브리앙(1768-1848)의 1801년 작 소설. 순결 서약을 한 기독교인 소녀가 아메리카 원주민과 사랑에 빠지고 고뇌 끝에 자살하는 내용이다.

33) 식민지의 노예로 팔려 간 아프리카 왕자 오루노코의 삶을 다룬 영국 작가 애프러 벤(1640-1689)의 1688년 작 소설.

34) 영국의 왕 조지 3세의 정원사이자 공원 170개 이상을 디자인하고 영국 조경에 중요한 영향을 끼친 조경 설계사 랜슬롯 브라운(1716-1783)의 별명이다. 늘 부지를 개발할 수 있는 '가능성'이 있다고 말해서 이런 별명을 얻었다.

때 막대한 경비를 들여 영국에서 책을 공수해 왔습니다. 일명 '책에 항상 목마른 자'였죠. 그의 아내는 그의 열정을 원망했습니다."

당연히 그랬겠지, 루는 생각했다.

우르수스 악토스, 우르스, 오르소, 베아, 브욘[35]: 알프스와 피레네산맥, 그리고 북극권의 고산지대에 서식한다. 시베리아, 캄차카반도, 북미에서도 찾아볼 수 있다. 라플란드 사람들은 곰을 경외하여 '신의 개'라고 부른다. 노르웨이인은 "곰은 장정 열 명의 힘과 열두 명의 지성을 지녔다"라고 말한다. 그들은 곰이 농작물이나 가축을 파괴할 것을 두려워하여 절대 이름으로 부르지 않는다. 대신 '무에다-아이그야(라틴어로는 세넴 쿰 마스투르카)' 즉, 털옷을 입은 노인이라 칭한다.

그녀는 뒤쪽 창을 내다보았다. "내 백성들이여, 다들 무탈한가" 말하고는 일을 이어갔다.

긴 연휴의 주말이 찾아왔다. 좁은 강이 한시적으로 모터보트로 가득 찼고 다른 작은 섬들에서 연기가 깃발처럼 피어올랐다. 비록 누구도 그녀의 부두에 멈춰 서지는 않았지만 침입

---

35) 우르스, 오르소, 베아는 각각 프랑스어, 이탈리아어, 독일어, 그리고 브욘은 스웨덴어, 덴마크어, 노르웨이어 등에서 곰을 뜻하는 단어다.

당한 기분이 들었다. 어느 오후에는 손을 흔드는 낚시꾼들을 못 본 체하며 뜰의 갑판 의자에 앉아 있었다. 그날 밤 물 위로 로켓형 폭죽들이 보였고 마시멜로 100만 개가 구워지는 냄새가 났다. 그녀는 캐리가 여왕의 생일에 빛바랜 유니언 잭[36]을 꺼내 펼치는 모습을 상상했다. 그는 빅토리아 여왕이 캐롤라인 왕비보다 더 낫다고 생각하면서도, 이미 그때도 오지로 전진해오는 엄숙주의는 탐탁지 않게 여겼을 것이다.[37]

그녀는 일과에 정착했다. 아침 내내 일하고 오후에는 덤불 속으로 사라져 연영초와 조그맣고 노란 백합, 노루귀와 산딸나무로 이루어진 카펫 위를 걸었다. 참피나무에 커다란 잎들이 돋아났다. 먹파리를 피하려고 스카프를 매고 장갑을 끼고서 비버가 사는 연못가에 종종 머물렀다. 참매들이 껍질이 다 벗겨진 저들의 느릅나무에서 속을 알 수 없는 눈으로 그녀를

36) 영국 국기.

37) 조지 4세의 동생 윌리엄 4세에 이어 왕위에 오른 빅토리아 여왕의 재위 기간인 1837년부터 1901년까지의 영국 사회를 빅토리아 시대라고 부른다. 산업, 군사, 과학, 정치, 종교, 문화 등 여러 방면에서 변혁이 있었는데, 특히 복음주의에 입각한 종교 운동에 영향을 받은 엄숙한 도덕주의가 유행했다. 한편 캐롤라인은 조지 4세의 부인으로 그가 웨일스의 왕자이던 1794년에 결혼하고 1796년에 아이를 낳은 후 별거했다. 그가 1820년 1월 왕위에 오르자 명목상 왕비의 자리에 올랐다. 그러나 이미 오래전부터 마리아 피츠허버트와 불법적 결혼을 올린 조지 4세가 1921년 1월에 거행된 대관식에 캐롤라인 왕비가 오는 것을 금지했고 그녀는 같은 달에 병으로 세상을 떠났다.

노려보았다.

따뜻한 날에는 곰을 강에 데려갔다. 그녀가 곰을 데리러 가면 그는 개처럼 반기는 대신 그저 사슬을 당기는 대로 고분고분하게 따라왔다. 그리고 물속에서 근시 있는 아기처럼 앉아서 물의 존재로 돌아온 것을 평온하게 즐겼다.

일주일에 한 번씩 호머가 그녀의 편지를 가지고 왔다. 그녀는 가끔 일주일에 한 번은 이제는 길어진 저녁 시간에 강을 따라 매끄럽게 보트를 몰고 가 호머의 가게에서 장을 봤다. 보트 주변 갈대밭에서 왜가리나 알락해오라기가 날아오르곤 했다. 한번은 위스키와 신선한 고기를 사러 가까운 마을로 운전해 갔다. 정부에서 흰색과 주황색으로 칠해진 이동식 주택에 주류 판매점을 열었다.

그녀는 처음으로 여유롭게 차근차근 일하고 싶었으므로 매일 아침저녁, 사무실에서 일하는 것보다 덜 효율적으로 작업했다.

어느 날 저녁에는 햇볕이 드는 장작 창고의 계단에 앉아 식사하려고 음식을 들고 밖에 나갔다. (부엌이 어두운 걸로 볼 때 캐리가 사람들 중 집을 지은 게 누구이든 아내와는 상의하지 않은 것 같았다.) 곰이 사슬 길이가 허락하는 만큼 최대한 그녀 가까이 와서 앉았다. 그녀가 사슬을 끄르자 그가 그녀의 무릎께로 와서 앉았다. 그녀는 손을 뻗어 그의 목덜미를 주물렀다. 그의 등 피부는 느슨했고 털은 빽빽, 그야말로 빽빽했으며 헤엄을 쳐서인지 윤기가 흘렀다. 그녀가 한 눈에 보이지 않기 때문인지 그가 머리를 양옆으로 흔들며 열심히 그녀를 쳐다보았다.

이후 그녀는 다시 위층으로 갔다. 그녀가 빅토리아 시대의 자연사 안내서 시리즈를 분류하는 작업에 깊이 몰두하고 있을 즈음 아래층에서 생소한 소리가 들렸고 이내 몸이 뻣뻣하게 굳었다. 얼어붙었다. 숨을 죽였다. 끼익, 문이 열렸다.

그녀는 무방비 상태로 잠깐 극심한 공포를 느꼈다. 그때 왜인지는 몰라도 갑자기 마음이 조금 놓였다. 다가오는 둔중한 발소리와 함께 긁는 소리 같은 것이 났다. 분명 발톱이 부엌의 리놀륨 바닥에 따각따각 부딪치는 소리였다.

그가 에나멜 양동이에 담긴 물로 목을 축이는 소리가 들렸다.

그녀는 층계 꼭대기로 다가갔다. 어둠 속에 휩싸여 그녀를 올려다보는 곰이 보였다. “자러 가.” 그녀가 말했다.

그의 두꺼운 다리가 그녀를 향해 거침없이 계단을 올랐다. 그녀는 책상으로 물러났고 그 위에 올라가 창문 쪽으로 몸을 웅크렸다.

집 안에서 보니 그는 확실히 굉장히 커 보였다. 계단을 다

오르자 그가 앞발을 아래로 늘어뜨리고 몸을 끝까지 일으켜, 사람과 비견되는 바로 그 자세로 섰다. 가까운 곳만 보이는 듯 이리저리 고개를 돌리는 그를 보며 그녀는 그가 왕과 그라운드호그[38]를 합친 무언가 같다고 생각했다. 그때 그가 마치 경례나 축복을 하듯 한 손을 들어 올렸다가 몸을 굽히며 다시 네 발로 돌아갔다. 그는 느리고 신중한 몸짓으로 굴뚝 벽 반대편을 서성거리다가 불 앞으로 가 누웠다.

이곳을 잘 알고 있군, 그녀는 생각했다.

경계를 풀지 않고 조심스럽게 그에게 다가갔다. 그는 편안한 자세를 취하려고 개처럼 몸을 꿈틀거리고 있었다. "그래, 너도 참 대담하구나." 그에게 말했다.

방이 더 어두워진 것 같았다. 램프를 하나 더 밝혔다. 치익 불이 켜지는 소리에 곰이 올려다보는가 싶더니 곧 머리를 앞발 위에 올려놓았고 잠을 자려는 듯했다.

그에게 등을 보인 채로 타자를 치기는 불가능함을 깨달았다. 연신 실수만 했다. 그래서 "어찌 됐든 그는 야생 짐승이에요"라는 호머의 경고를 떠올리며 술 한 잔과 책 한 권을 들고 곰 옆의 소파에 자리를 잡았다.

---

38) 우드척 또는 그라운드호그라고 불리는, 두더지와 비슷한 동물.

그녀가 책장에서 고른 것은 '멋쟁이 신사' 브러멜[39]의 일생을 다룬 책이었다. 어쩌면 동시대 인물을 통해 캐리에 대해 알 수 있을지도 모르지만, 브러멜이 칼레의 수녀들 사이에 있게 될 누추하고 실성한 자신의 모습을 상상도 못했던 것처럼, 그녀도 멋쟁이 신사가 야생에 있는 모습을 쉬이 떠올릴 수 없었다.

그 책은 빅토리아 시대 이후에 쓰인 전기의 최악의 특징이란 특징은 다 지녔다. 잘난 체에 추측이 난무하고, 엉성한 자료 조사에 색인도 허술했다. 세상은 그래도 발전해왔군, 그녀의 머릿속에서는 혼란으로 가득한 한 학자 무리가, 넥타이를 발명했고 자긍심에 사로잡힌 나머지 왕의 심기마저 거스른 그 멋쟁이의 삶을 샅샅이 파헤치고 사실관계를 증명하느라 정신없이 뛰어다녔다. 캐리가 그를 알았을 수도 있겠다고 생각했다. 그는 전쟁이 끝난 후 런던에 있었다. 어쩌면 와이츠[40]에서 동료 장교와 함께 식사했을 것이다. 캐리는 맨체스터에서 나

---

39) 조지 브러멜(1778-1840)은 영국 댄디즘의 창시자 격 인물로 패션과 세련된 행동 양식으로 런던의 사교계를 주름잡았다. 1816년 도박과 사치스러운 삶으로 파산하고 조지 왕자(이후 조지 4세)와의 돈독하던 관계도 소원해져 채권자들을 피해 프랑스 북부의 항구도시 칼레로 도주하여 살다가 프랑스 서북부의 도시 캉의 정신병원에서 생을 마감했다.

40) 런던의 제일 오래된 남성 전용 사교 클럽으로, 1693년에 설립되었으며 토리당의 비공식적 모임 장소로도 쓰였다. 브러멜은 이 클럽에서 가장 사교적이고 뛰어난 멤버에게 할당되는 명예로운 탁자를 차지했다.

라를 위해 복무하기를 거부한 그 남자를 깔보고 무시했을까, 웃음을 터뜨리고는 장갑 낀 손을 만족스럽게 비볐을까? 아니면 그를 한 번 보고 바로 그 자리에서 이민 가야겠다고 결심했는지도 모르지.

불길이 치솟았다. 곰은 거친 숨소리를 내며 잠들었고 가끔 불가 쪽의 눈을 찡긋거렸다. 더워서 신발을 벗어 던진 그녀는 저도 모르는 사이에 맨발로 그의 빽빽하고 부드러운 모피를 쓸어내리며 털 사이사이를 발가락으로 탐색하다가 얼마나 겹겹의 깊이로 이루어져 있는지 깨달았다.

그 멋쟁이는 공작부인들을 지배했다. 그 멋쟁이는 명예를 위해서라면 물불을 가리지 않았다. 그가 얼마나 탐탁지 않았던지, 그리고 얼마나 존경스러웠던지. 그의 달걀 같은 완벽한 자신감은 결코 흔들리지 않았다. 상황이나 사실에 그는 결코 굴복하지 않았다. 결혼하지 않은 게 다행이군, 그녀는 생각했다. 그라면 가정생활을 누추하고 더럽게 여겼을 것이다. (민중의 폭동을 제압하기를 거부하는 자유주의적인 차원이 아니라 신사는 맨체스터에 가지 않는다는 이유로) 맨체스터에는 가지 않으려 했던 기병대 소위 브러멜, 현실이라면 샅대의 끝으로도 건드리지 않으려 했던 브러멜, 넥타이를 발명하고 깔끔함을 유행시켰던 브러멜…… 정말이지!

그녀는 캐리를 올려다보고 곰을 내려다보고는 갑자기 엄청난 행복을 느꼈다. 세상은 바뀌었다. 붉은 제복을 입은 두 남자, 부자도 아니고 높은 지위를 갖고 태어나지도 않았지만 잘 살았던 두 남자, 그리고 종국에는 틀림없이 몰락한 두 남자. 그녀는 그들에 비해 자신이 승리자처럼 느껴졌다. 그들의 후계자처럼 여겨졌다. 그들은 곰의 두껍고 검은 털가죽에 발을 비비는 한 여자를 상상조차 할 수 없었을 것이다. 그것은 군사적 승리보다도 더한 것, 바로 호화로움이었다.

헛소리. 위스키를 너무 많이 마셨다. 그녀는 일어나 남은 램프를 껐다. 잘 시간이었다. 캐리든 브러멜이든 그녀의 연민이나 승리 따위 상관하지 않을 것이다. 캐리는 몰락하지 않았다. 이것은 캐리의 집이고 그녀는 지금 여기 있지 않은가. 헛소리다. 나는 얼마나 어리석은지.

"일어나." 그녀는 곰에게 퉁명스럽게 말했다. 벽난로 앞에 가림막을 놓고 틸리 램프를 껐다. 곰이 일어나 하품하고 앞서서 후반신을 어색한 모양으로 뒤뚱거리며 계단을 기어 내려갔다. 그는 돌아보지 않고 뒷문을 통해 밖으로 나갔고 그녀는 문을 잠갔다. 양동이에 깨끗한 물을 새로 펌프질했다. 침대로 향했다.

9

다음 날 아침, 다시 궂어진 날씨에 그녀는 몸을 떨며 햇볕 아래 앉아 아침을 우물거렸다. 곰은 평소처럼 외양간 문간에 엎드려 그녀를 응시했다. 그는 무슨 생각을 할까 궁금했다.

그녀는 어렸을 때 동물에 대한 책을 많이 읽었다. 베아트릭스 포터, A. A. 밀른, 손턴 W. 버제스의 명랑한 옹알이 책들로 시작해서 잭 런던, 탐슨 시튼—시튼 탐슨이었나, 동물 발자국이 여백에 찍혀 있던 것—을 읽으며 자랐다. 회색 올빼미[41]와 조모가 그렇게 좋아하던 그놈의 찰스 로버츠 경도. 야생적이

41) 아치볼드 벨라니(1888-1938)는 영국 태생의 환경보호주의자이자 모피 사냥꾼이었다. 미국 원주민으로 위장, 회색 올빼미라는 이름으로 저작 및 강연을 했으나 사후 원주민이 아니라는 사실이 밝혀졌다.

고 은밀한 삶의 방식, 그러니까 의인화된 동물들이 독재자, 영웅, 고초를 겪는 자, 말 잘 듣는 착한 아이, 흉보기 좋아하는 주부 등의 옷을 입고 그 세대를 사로잡았다. 부모와 사서의 세계에 동물이나 요정이 아닌 다른 생명체가 있었다는 사실이 불가능해 보인 때였다. 프로이트가 유아 성욕을 발견했으니 그런 식으로 빠져나갈 구멍을 찾았는지도 모른다.

그러나 그런 책을 쓴 사람이나 산 사람이나 동물이 무엇인지 안다는 생각은 전혀 들지 않았다. 그녀는 동물이 대체 어떤 존재인지 전혀 알 수 없었다. 동물은 생명체다. 사람이 아니다. 크기와 모양, 뇌의 복잡한 요소들로 그들의 신체 기능이 결정된다고 짐작할 뿐이었다. 뭐라 형언할 수 없는, 어렴풋이 명멸하는 정신적 삶이 있을 거라고도 생각했다.

머리를 앞발에 대고 희미한 햇빛 아래 누워 있는 그가 보였다. 그렇다고 그가 고통을 겪는지 아닌지 추측하긴 어려웠다. 줄무늬 잠옷을 좋아하는지 점박이 잠옷을 좋아하는지도. 혹은 그가 언젠가 곰의 관점으로 인간에 대한 책을 쓸지도. 곰이 인간보다도 섬에 더 가깝다고 그녀는 생각했다. 인간에게는 말이다.

어젯밤, 리놀륨 바닥 위를 매끄럽게 나아가던 몸서리쳐지는 그의 발톱. 계단 꼭대기에서 바뀌던 그의 덩치. 그녀는 메추리처럼, 말 그대로 메추리처럼 움츠리고 창문 구석으로 숨었다. 만약 그녀가 서 있었다면 또 한 번 다리가 풀려 후들거렸을 것이다. 그는 그녀보다 작았고 5피트[42]를 겨우 넘는 키였지만 엄청나게 근육질인 데다가 가슴은 두툼하고 손발은 커다랬다. 앞으로 뻗은 앞발의 너비는 남자 허리둘레의 두 배였다.

그는 발톱을 안으로 숨길 수 없어. 그녀는 존경심과 일말의 두려움으로 곰을 쳐다보았다.

그런데 루시 리로이 할머니는 곰에게 무슨 말을 하지?

곰은 위층으로 올라오는 길을 어떻게 알지?

아니, 처음으로 돌아가서, 그는 어떤 방식으로, 무슨 생각을 하지?

포크가 그릇에 부딪혀 달그락거리는 소리가 그를 몽상에서 깨운 듯했다. 그가 천천히 일어서서 구부정한 자세로, 그에게는 자연스러운 듯 뱀이 기는 모양으로 머리를 움직이며 다가왔다. 그가 아직 사슬에 묶여 있지 않다는 사실을 떠올리고 그가 내 두려움의 냄새를 맡으면 안 되는데, 생각하며 초조하게 자리에서 일어났다. 그에게 한 발짝 다가가 머리를 쓰다듬었다. 그는 그녀의 손을 한 번 핥고는 느긋하게 자신의 축사

---

42) 약 152센티미터.

로 돌아갔다. 그녀는 어렵지 않게 사슬을 그의 목줄 고리에 채웠다.

그가 무슨 생각을 하든 간에 행동은 온순하다고 결론지었다. 그러고는 위층으로 일하러 갔다.

그녀는 소파에서 어젯밤에 읽은 멋쟁이 신사 브러멜에 대한 책을 찾았다. 개를 끔찍하게 아끼는 공작부인 아무개와 차를 마시거나 희석되지 않은 뻔뻔스러움으로 사교 모임과 연회를 지배했을 그를, 이곳의 역사에 끌어들이는 것은 미친 짓처럼 여겨졌다. 그러나 아름답게 경사진 이곳의 뜰, 강둑을 따라 펼쳐진 장엄한 나무들, 정성 들여 좋은 위치에 세운 집에서 보이는 다각의 경관은 브러멜이 살았던 장소와 시대의 소산이었고, 블레이크나 워즈워스만큼 캐리와 브러멜도 더 나은 삶을 꿈꿨을 것이었다. 이튼[43]에서 국왕의 시선을 끌려고 노력했던 자기애로 가득 찬 어린애든, 몰타의 군용 이동식 변기 상자에 앉아 지도를 보며 몽상하던 혈색 좋은 젊은 장교든 너 나 할 것 없이, 그들이 하층계급이라고 비웃었을 시인들만큼이나 낭만주의에 물들어 있었다. 그리고 그 모험이 그들을 어디로 이

43) 1440년 헨리 6세가 세운 영국의 국립 기숙학교로 남학생만 등록할 수 있으며, 영국 총리, 노벨상 수상자 등 수많은 저명인사를 배출한 영국 정치인의 산실로 불린다.

끌었는지 보라.

그녀는 아침에 해야 할 많은 일을 계획했다. 정오가 되자 하늘이 열렸다. 한 번도 내린 적이 없는 것처럼 비가 많이 내렸다. 양동이로 물을 퍼붓듯 회색 물이 두꺼운 천 모양으로 쏟아졌다. 천둥이 울렸다. 번개가 쳐서 하늘이 번쩍였다. 하늘은 짙고 어두운 회색이었다. 너른 강은 주름졌다 펴졌다 하며 빗방울을 맞았다. 물보라가 일었다. 뜰이 곤죽이 되어가는 소리가 들렸다.

그녀는 뒤쪽 창문으로 가서 곰의 우리 쪽을 내다보았다. 그의 땅은 진창의 바다였고 어둠 속에서 희미하게 반짝이는 눈이 보였다. 오늘 밤에는 데리고 들어올 수 없겠군, 그녀는 생각했다.

빗줄기가 지붕을 두들겼고 처마를 타고 세차게 흘러내렸다. 영국을 제외하고 이런 비를 본 적이 있는지 기억나지 않았다. 지붕에 있는 등 위에 피뢰침이 달려 있는지 궁금했다. 비가 새지 않는 것이 기적이었다.

비가 오자 오줌을 누고 싶었다. 아래층으로 내려가 예상대로 침대 옆 탁자에서 장미가 그려진 뚜껑 있는 요강을 찾았다. 감사하는 마음으로 그것을 사용했다. 그러고는 침낭 속으로 기어 들어가 손으로 귀를 막고 싶은 충동을 억눌렀다. 곰은 제

침낭 속에서 손으로 귀를 막고 있어, 그녀는 애정 어린 마음으로 생각했다. 그에게는 중산층의 가식이나 유지해야 할 체면이 없다. 자기 자신에게조차 말이다. 부엌으로 들어가서 수프 한 냄비를 끓였다.

그날 오후 늦게 비가 갑자기 그쳤다. 해가 나와 나무들 사이로 반짝였고 서재에서 보이는 풍경이 경이로운 초록 동굴로 바뀌었다. 그녀는 부츠를 신고 강으로 내려갔다. 보트가 반쯤 물에 잠겨 있었다. 나중에 꺼낼 계획이었다. 지금은 강의 세상이 날개에서 비를 털어내는 소리에 귀 기울이고 싶었다.

일락해오라기 한 마리가 커다란 소리로 음산하게 울었다. 돌아온 제비 떼가 누가 재촉이라도 하듯 재빠르게 하늘을 선회했다. 물고기 한 마리가 뛰어올랐다. 발치에서 개구리 알이 햇살에 눈을 깜빡였다.

10

다음 날 아침은 무더웠다. 그녀는 곰을 데리고 강으로 내려가 사슬을 부둣가의 못에 걸고, 알몸으로 함께 물속에 뛰어들었다. 그는 거대해 보였고 털은 쫙 펼쳐졌다가 물개처럼 착 붙었다가 했다. 그녀는 옆에서 개헤엄을 치며 작은 물결들을 떠서 그의 쪽으로 보냈다. 그가 답으로 앞발로 물을 내리쳤다.

물은 얼음장이었다. 그녀가 물가로 헤엄쳐 나가려는데 그가 장난스럽게 그녀의 아래로 헤엄쳐 들어갔다가 갑자기 그녀 위로 뛰어오르려고 했다. 그녀는 물 아래로 가라앉았고 입을 열어 고함을 치려 했다. 숨이 막혀 캑캑대며 수면으로 올라가려고 했지만 바로 위에 곰이 있었다. 잠깐 동안 그녀는 자신이 익사했다고 생각했다. 순간 공기에 닿았고 멀지 않은 물가로 나아갈 용기를 얻어 끈질기게 숨을 몰아쉬며 축축한 기슭에 몸을 던졌다.

그때 그가 옆에서 몸을 흔들었고 엄청난 양의 물이 쏟아졌다. 다음 순간 그가 울퉁불퉁한 긴 혀로 그녀의 젖은 등을 쓸어 올렸다 내렸다 했다. 이상한 감각이었다.

한참 후에, 굳이 공포를 음미하며 누워 있을 이유가 없는 듯했으므로 그녀는 몸을 이끌고 위층으로 일하러 갔다. 그렇지만 분명히 충격을 받았다. 한때 절망적인 외로움에 사무쳐 길에서 남자를 데리고 집으로 온 때가 떠올라 가까스로 아슬아슬하게 위험을 벗어난 감각이 가라앉지 않았다. 사실은 별로 좋은 사람이 아닌 것으로 드러났던 그 남자에 대한 기억을 그녀는 여전히 회피했다. 곰도 역시 마찬가지로…… 아니야, 이건 공포심 때문이다. 공포심이 두 사건을 엮은 거야, 공포심과 공포심으로부터의 도피가.

책, 책이다. 이런 일들이 일어날 때면 항상 책을 집어 들어. 종이 한 장이 팔랑이며 떨어졌다.

웨일스에서 곰은 사냥감으로 쓰였다. 펜아스는 곰의 머리라는 뜻이다.

항목: 각하는 각하께서 집에 계시는 동안 곰 조련사가 성탄절에 각하의 짐승을 데려오면 오락을 가능케 한 값으로 언급된 열이틀간 20실링을 매년 지급

하신다.

—노섬벌랜드[44] 백작 가계부

에스키모인은 상처 입은 북극곰의 영혼이 몸을 떠난 자리에 3일 동안 머문다고 믿는다. 곰을 도살하고 살을 취식하는 것에 많은 금기가 있으며 위령 예식이 이루어진다.

라플란드 사람에게 곰은 야수의 왕이다. 곰을 죽인 사냥꾼은 반드시 3일 동안 혼자 지내야 하며 그러지 않는 경우 불결하다고 간주된다.

"하지만 그는 나를 쫓아온 게 아니라 장난쳤을 뿐이야!" 그녀는 외쳤다. 곰이 덫에 걸리고 가죽이 벗겨지고 쫓기는 것은 생각만으로도 고통스러웠다. "오 주여, 그가 해를 입지 않게 보호해주소서!"라고 자신도 모르게 말했다. 그녀는 몇 년간 기도한 적이 없었다.

---

44) 스코틀랜드와 이웃한 잉글랜드 북동쪽의 주. 험버강 북쪽 사람들의 땅이라는 뜻이다.

11

다음 날 호머가 그의 아들 심과 함께 경운기와 씨앗을 가지고 왔다. 그가 정원 만들기를 도와주겠다고 말한 것을 그녀는 잊고 있었다.

집의 북쪽 숲속에는 옻나무 덩굴과 버섯이 가득한 공터로 향하는 작은 길이 있었다.

"거기 산딸기 말이죠, 산딸기를 쳐내면 좋을 거예요. 여기 같은 산딸기가 또 없어요. 누구는 옛날 캐리 대령이 들여왔다고 합디다. 남쪽 산딸기는 이렇지 않거든요. 산딸기에 대해서 꼭 알아야 할 점은 나뭇재가 있으면 그렇게 잘 자란다는 겁니다. 심이 가지를 잘라줄 거예요—거기 그렇게 가만히 서 있는 걸 보니 정원 일을 별로 해본 적 없는 티가 나는군요—그러면

한여름에 민들레도 좀 날 겁니다. 여름이 되면 이 주변을 잘 살펴보세요. 야생 아스파라거스가 아주 많으니까요. 작고 얇은 것들이요. 사람들은 참새풀이라고도 하죠. 야생 아스파라거스 한 다발을 발견하면 나는 언제나 모자를 벗고 캐리 대령에게 작은 감사를 올리죠, 그가 그걸 들여온 걸 아니까. 버섯 좋아해요?"

반짝이는 눈으로 영업 사원 같은 기묘한 미소를 지으며 그가 빤히 그녀를 보고 서 있었다.

"그렇죠."

"숲에는 곰보버섯이 있어요. 많이. 저기 뒤쪽 숲속으로 간 적 있나요?"

"반대쪽으로만요, 비버 연못 쪽이요."

"아이, 그쪽은 다 늪지예요, 하지만 이 위쪽에는 말이죠, 그가 예전에 사과 과수원을 가지고 있었습니다. 자, 이제 우리가 이 부분을 정리하고 밭을 갈아놓을 테니 당신은 다시 저기로 들어가 곰보버섯을 찾아보세요. 못생겼지만 먹기엔 그만이죠. 버터에 볶아요. 그러고 보면 나는 마가린이 늘 별로였어요. 버터나 베이컨 기름 조금이면 웬만한 것은 다 맛있는데 마가린은 그게 아니란 말이에요. 자 이제 우리가 여기를 성기게 갈아놓을 테니 나중에 쇠스랑으로 솎으면 되고 당신이 똑똑하다면 너무 숙녀 행세하지 말고 곰 우리에서 퇴비를 꺼내서—아이, 봤어요. 그를 데리고 나가 뜰 반대편에 묶어놓을 수 있다는 걸 알아요. 곰과 많이 친해진 것 같던데—여기 밭에 거름을 주면 됩니다. 닭 퇴비가 더 낫겠지만 뭐 이것저것 가릴 때가 아니니까요. 그러고 나서 이번 주 말쯤에 씨를 심으면 됩니다. 토끼가 좀 먹긴 하겠지만 콩이랑 양배추, 완두콩도 좀 키울 수 있을 거예요. 헛간에 말뚝이 있어요.

순무랑 감자가—옛날 사람들은 이런 걸 먹고 살았죠—날 때까지 당신이 여기 있을 것 같지는 않은데."

그가 하려던 나머지 말은 모터보트 100대를 합친 것보다 더 시끄러운 소리를 내는 심의 경운기 소리에 묻혀버렸다. 그녀는 수풀 속으로 자리를 피했다. 그곳에서 검고 옹이 진 늙은 사과나무들과 부패한 듯 이상하게 생긴 남근 수십 개를 발견했는데 바로 곰보버섯이었다. 호머와 알비노 같은 조용한 심을 위해 버섯을 요리해줄까 생각하는 중에 갑자기 소음이 멈췄고 그들이 손을 흔들며 작별 인사를 하더니 모터보트 소리와 함께 땅거미 속으로 사라졌다.

그녀는 곰보버섯을 요리해 맛있게 먹었으며—책에서 트러플은 이런 맛이라고 나오는, 그러나 실제로는 절대로 그 맛이 나지 않는 바로 그런 맛이었다—위층으로 올라가 스카치위스키를 마시고 호머가 식료품과 씨앗이 담긴 봉투에 선물로 넣어준 캔디를 할짝대면서 책 읽는 저녁을 보냈다. 자정이 한참 지나서야 침대로 향했다. 창세기와 《종의 기원》을 조화롭게 결합할 수 있다고 주장하는 책을 찬찬히 읽었지만 아무것도 배우지 못했다.

12

이제는 길고 따뜻해진 나날이 우연히 찾아온 행복의 의미를 그녀에게 알려주었다. 그녀는 정원에 신중하게 씨를 심었고 곰보버섯밭을 파헤칠 수 있도록 충동적으로 곰을 데려갔는데, 그는 어떤 희열 속에서 킁킁대며 땅을 파다가 가끔 힘없는 눈을 들어 그녀의 눈을 마주 보고는 마치 시간이 없는 것처럼 곧 다시 일에 열중하곤 했다. 이후 그를 강변으로 데려갔고 그는 골반이 커다란 여자처럼 물속에 앉아 돌 위로 엉덩이를 끌어 댔다.

“사랑해, 곰.” 그녀가 말했다.

그날 밤에는 계단을 오르는 곰의 무거운 발걸음도 그녀를 불안하게 하지 않았다. 오도록 놔두자. 그녀는 책 하나를 꺼내 그것의 색인 카드를 만드는 중이었다. 가볍게 책을 털자 얇은 종이 한 장이 떨어졌다. 그 위로 몸을 굽히는데 계단에서 곰의 소리가 들렸다. 굴뚝 주위에서 그들이 눈을 마주쳤다.

"가서 앉아." 루가 말했고 그가 그렇게 했다.

성녀 우르술라(영)[45]는 만 1000명 혹은 7만 1000명의 처녀를 거느렸다. 참조: 드레이튼의 《폴리올비온Polyolbion》[46] 여덟 번째 노래에 관한 셀더[47]의 노트. 우르술라회는 1604년 파리에서 빈민을 구제하고 청년을 교육하기 위한 목적으로 생뜨 뵈브 부인이 세웠다. 우르술라와 그녀의 자녀들이 하늘을 수놓고 있다.

종이 반대쪽에는 잉크 만드는 법이 적혀 있었다.

곰이 벽난로 가에 자리를 잡았다. 그녀는 고개를 들어 눈을 감고 책에서 팔랑이며 떨어진 다른 종이쪽지들을 떠올렸

---

45) 4세기의 로마가톨릭교 순교자. 잉글랜드의 남서부 왕국 둠노니아의 공주로, 이교도인 아르모리카의 통치자와 결혼하기 전에 만 1000명의 처녀들과 함께 유럽을 순례하다가 쾰른에서 훈족에게 살해되었다는 전설이 있다. 우르술라는 라틴어로 '작은 암곰'이라는 뜻이다.

46) 영국의 시인이자 극작가 마이클 드레이튼(1563-1631)이 잉글랜드와 웨일스의 지형, 전통, 역사에 관해 쓴 장편서사시. 30개의 노래로 이루어져 있으며 총 만 5000행이다. 영국의 법학자 존 셀든(1584-1654)이 앞의 노래 열여덟 개를 다룬 글을 썼다.

47) 맥락상 '셀든'의 오타로 보이나, 캐리가 메모할 때 실수한 것으로 볼 수도 있다.

다. "그들에겐 늘 곰이 있었죠"라는 호머의 말을 생각했다. 뉴스테드의 수도원을 관리하랴 곰을 먹이랴 돈을 끌어오려 헛되이 애썼을 바이런의 어머니를 떠올렸다. 그녀는 곰을 쳐다보았다. 그는 소파처럼 견고하게, 집 안 물건처럼, 양탄자처럼 거기 앉아 있었다. 그의 옆에 가서 꿇어앉았다. 그는 헤엄을 시작하기 전보다는 좋은 냄새가 났지만 그의 본질적인 냄새, 목동의 새되고 달콤한 피리 소리처럼 날카로운 사향 냄새는 여전했다.

털은 빽빽하기 그지없어 손의 반이 털 속으로 사라질 정도였다. 그녀는 그의 굽은 어깨를 주물렀다. 그의 옆에 앉자 묘한 평온함이 느껴졌다. 마치 곰이 책들처럼 몇 세대에 걸친 비밀을 알고 있기라도 한 듯이. 그러나 곰은 그 비밀들을 밝힐 필요가 없었다.

격정은 서지학의 도구가 아니므로 체계적으로 하던 책의 기록 작업을 마저 했다. 색인 카드에 자신만 알아볼 작은 표시로 곰을 다룬 쪽지가 그 안에 있었음을 적었고, 새로운 카드에는 어떤 책의 몇 쪽에서 그 종이를 찾았는지 기록했다. 그리고 무슨 이유에선지 찾은 시간과 날짜도 적었다.

그녀는 다른 종이쪽지들에 대한 비슷한 색인 카드를 만들면서 남은 밤을 보냈는데, 그것들을 찾은 정확한 시간과 날짜를

다 기억하지는 못했다. 왜 자신이 그 작업을 하는지, 자신을 위한《주역》이라도 만들려는지 의아했다. 아니, 나는 비이성적인 과정을 믿지 않는다, 그녀는 자신에게 말했다. 나는 서지학자야. 그저 기록이 정확하길 바랄 뿐이다.

새벽이 되어서야 곰을 다시 뜰에 묶어놓으며 아침을 주고 침대로 향했다. 뜰에 도착하자마자 그는 몸을 쭈그리고 아침의 냉기 속에서 김을 뿜는 거대한 똥 덩어리를 만들어냈다. 그가 대변을 보는 동안 그녀는 그의 얼굴을 관찰했는데 감정을 찾아보려고 하는 자신이 조금 웃겼다. 어떤 감정도 찾을 수 없었다. 자신이 기여할 수 있는 것은 하나도 없었다.

그녀는 늦은 오후까지 잤고 저녁에는 친구 없이 홀로 위층에서 일하다가 종이 한 장을 발견했는데 거기에는 루테니아의 전설 속 타락한 왕자 왈도는 금똥을 누는 곰의 도움으로 불명예에서 구해진다라고 쓰여 있었다. 이 종이에 대해서도 새로운 카드에 기재했다.

다음 날 아침 다시 평소 기상 시간으로 돌아와 상쾌한 기분으로 깨어났다. 빛을 만끽하며 잠시 누워 있었다. 해를 구경하러 문으로 향했다. 날씨가 더워진 섬은 하루아침에 먹파리와 모기로 들끓고 있었다. 몸을 찰싹찰싹 때리며 뒤로 물러나 옷을 입었다.

그녀는 돈독한 친구처럼 곰과 함께 밖에서 아침을 먹으며 먹파리가 얼마나 오래 사는지 기억해내려고 애썼다. 이내 그것을 안 적이 없다고 결론 내렸다. 7월 중순쯤까지 살지도. 먹파리는 북쪽 지방의 활기를 보여주는 좋은 증상이라고, 자연은 절대로 복종하지 않으며 인간이 제아무리 이와 발톱을 붉게 물들인다고 해도[48] 결코 지배할 수 없는 것이 있음을 상징한다고 생각하려 노력하는 도중에, 초파리보다 크지도 않은 벌레가 바지를 뚫고 정강이에서 살 한 덩이를 떼어 갔다. 다리에서 피가 줄줄 흘렀다. 그녀는 안으로 들어갔다.

곰이 실망했을까 봐(그가 짓는 다양한 표정의 실상은 수수께끼였지만 그의 얼굴에 자신이 원하는 어떤 감정이든 이입할 수 있음을 깨달았다) 모기 퇴치 로션을 치덕치덕 바르고 밖으로 나가 곰을 따뜻한 물이 흐르는 강의 가장 얕은 구역으로 데려갔다. 그곳에서 제게 주어진 자유의 최대치에 도달하면 항상 놀라 컥컥대는 곰이 사슬의 끄트머리에서 헤엄치는 동안, 그녀는 다리를 물에 담그고 위로는 모자 달린 스웨터를 입고 앉아 팔을 휘두르며 곤충을 쫓아냈다. 곰은 반짝이는 돌 위에 앉아 눈과 콧구멍을 침범하는 모기 떼를 할퀴고 때렸다.

---

48) 포악하다는 의미. 영국 시인 알프레드 테니슨 경(1850-1892)이 친구 아서 헨리 할람의 죽음을 기리며 쓴 시집《인 메모리엄》에서 신의 자애와 대조되는 자연의 잔인함을 묘사하며 "붉은 이와 발톱을 가진 자연"이라는 구절을 썼다.

"아, 곰, 우리는 웃기는 한 쌍이야." 그녀는 소리 내어 웃었다. 그가 돌아보았고 분명히 입꼬리를 올려 웃었다.

구름 같은 곤충들 속에서 정원을 일궈내기는 쉽지 않았다. 높은 습도는 식물이 자라기에 좋은 조건이었지만, 가죽 부츠를 신고 진흙 속에 꿇어 앉아 고랑을 파고 잡초를 뽑는 것은 생각만 해도 역겨웠다. 그녀는 치즈를 만들 때 쓰는 천을 머리에 두르고 일했는데, 인도 식민지 공무원의 고생하는 아내가 된 기분이었다. 얇고 성긴 천은 숨을 쉴 때마다 늘어나며 그녀를 간지럽혔다. "이것 봐." 그녀는 소리치고 싶었다. "나는 도시 사람이라고." 벌레에게 뜯기고 물집이 잡힌 채 침대로 향했고 농부와 개척자에게 새로운 존경심이 들었다.

한밤중에 그의 발소리가 들렸다. 쿵, 쿵, 그리고 부엌 바닥에 부드럽게 훑어지는 발톱 소리. 그녀는 감히 숨 쉴 생각도 못 하고 가만히 누워 목뒤의 벌레 물린 자리들을 떠올리고는 그를 먹이지 않았다는 사실을 떠올렸다. 침낭을 목까지 끌어올리고 두려움으로 경직되어 누워 있었다. 그는 무거운 몸을 끌고 침실 문을 지나 그녀 옆에 앉아 한동안 냄새를 맡으며 이리저리 기웃거렸다. 그의 눈은 어둠 속에서 희미한 붉은빛을 띠었다. "원하는 게 뭐야?" 그녀가 공포로 굳은 목소리로 속삭였다.

그는 한참 동안 그녀를 쳐다보고 냄새를 맡으며 앉아 있었다. 그러더니 코를 훌쩍대고 킁킁거리며 다시 밖으로 나갔다.

그녀가 나중에 (곰을 사슬에 묶어놓고 곤충이 들어오지 못하게 창문을 닫아놓은 안전한 실내에서) 읽은 바로는 이러했다. 아일랜드 설화에는 곰인 신이 있었다. 스위스의 도시 베른에서는 도시의 영웅적인 과거를 기념하는 의미에서 곰을 구덩이에 가둬둔다. 그곳의 많은 독실한 기독교인들 역시 하지에 이 훌륭한 동물을 기리는데 이때 이 동물들은 대중이 지켜보는 앞에서 교미한다. 심지어 신실한 신자들조차 아담과 이브가 아니라 곰이 우리의 시조라는 고대의 믿음을 가지고 존경을 표한다고 알려져 있다. 이 쪽지는 1859년 캐리섬에서 A. N. 윌리엄슨이라는 사람이 캐리 대령에게 증정한 후 밀러의 책 《암석의 증언The Testimony of the Rocks》에 접혀 끼워져 있었다.

13

낚시 철이 본격적으로 시작되자 그녀는 이제 모터보트 소리를 생활의 일부로 받아들였는데, 어떤 보트가 섬에 멈춰 서서 깜짝 놀랐다. 창밖을 내다보자 은색 물고기를 묶고 있는 호머가 보였다. 사람이 반가워 아래층으로 달려갔다.

"안녕하세요, 호머."

"오늘 아침에 곰을 강에 데려간 걸 봤어요."

"그냥 앉아만 있으면 괴로워하니까요. 그리고 나도 파리들을 피해 물속으로 들어가고 싶기도 했고요."

"야생동물이라는 건 꼭 기억해요." 질책의 눈빛이 그의 안경을 스쳤다. 그가 지난번에 일어난 일을 안다면 뭐라고 할까 궁금하다고 그녀는 생각했다. 공포를 극복하려고 오늘 아침에서야 막 그를 데려간 참이었다.

“캐리네는요?” 그녀가 물었다.

“음, 그들에게 곰에 대해 들은 적이 없어요. 맥주를 좀 가져왔어요. 이제 여기 온 지 한 달을 꽉 채웠잖아요. 축하할 일이라 생각했죠. 그러니까, 당신은 꽤 잘하고 있어요.”

자신도 모르는 사이에 어떤 시험을 통과했다고 생각하니 조금 우스웠다. 무슨 짓을 했다면 통과하지 못했을까 궁금했다.

“맥주 좋죠, 호머.”

“저 밖 헛간에 있는 낡은 석유 냉장고를 고쳐줘야 할 텐데, 저게 참 골칫덩어립니다. 다른 건 다 어떻죠?”

그들은 부엌으로 들어갔다. 그가 접이식 칼로 맥주 두 병을 땄다. 그녀는 그럭저럭 좋다고 말했다.

“사람들이 다들 당신이 어떻게 이 짓을 하는지 모르겠다고 하더군요.”

“당신은 어떻게 생각하죠, 호머?”

“음” 하고 호머가 맥주를 마시며 말했다. “내 생각에는, 당신 취향이 이쪽이니까 이제까지 한 일 중 이게 제일 괜찮은 일일 거예요.”

그의 말에 그녀는 기뻤다. 그는 자기 지역을 과소평가할 사람이 아니었으므로, 그의 인정 덕분에 자신이 관광객이 아니라는, 업신여길 만한 사람이 아니라는 기분이 들었다. 그 말에 비로소 곰에 대한 그의 경고가 내린 저주가 풀렸다. 마침내 그가 편하게 느껴졌다.

호머가 의자를 젖혀 부엌 벽에 기댄 채 섬을 협회에 남긴 마지막 캐리 대령에 대해서 이야기하기 시작했다. 그는 여자였다.

"그러니까 이렇게 된 거예요." 그가 입을 떼었다. "유언장에 이 땅이 대령이 된 자녀에게 돌아가게 되어 있었어요. 자, 1세대 남자아이 중 하나가 성공했죠. 그때는 직책을 돈으로 살 수 있었고 그 노인은 그런 데 쓸 돈이 있었고 또 그때는 전쟁도 잦았으니까, 그리고 그[49]는 그럭저럭 잘 산 모양이지만 한 가지, 결혼을 일찍 못 했어요. 쉰은 충분히 넘었는데 그가 여기로 데려온 아내도 영계는 아니었죠. 그래서 그들의 첫째 아이가 딸로 태어나자마자 서둘러 폭포 근방에서 목사를 데려와 그녀에게 세례를 주도록 한 거예요—커널[50]이라는 이름으로.

4년 전 그녀가 죽으며 이곳을 당신네 협회에 남겼을 때 그 일로 치른 대가가 말도 아니었지만 그녀는 정말 괜찮은 여성이었어요. 다부지기가 이루 말할 수 없는데 외모도 나쁘지 않고요. 그들은 그녀가 몬트리올에서 교육받도록 내려보냈고 이

49) 존 윌리엄 캐리의 아들을 가리킨다.

50) 대령이라는 뜻.

후에 그녀는 무슨 여학교에서 한동안 학생을 가르쳤어요. 그러다가 모친이 죽고 나서 여기로 올라와 아빠를 돌본 겁니다. 그는 30년대까지 살았죠—여기 사람들 오래 살죠, 끝내주게 건강에 좋은 곳이니까, 거의 백 살은 되었을 거예요—그러고 나서 그녀는 학교로 돌아가 은퇴하기 전까지 교사로 일했어요.

친척이 많았지만, 이 근처에 사는 사람은 별로 없었어요. 전 대령의 아내는 알다시피 위 지방으로 오려 하지 않았고 영국에서 제일 멀리 가본 곳이 고작 토론토였어요. 아들 둘이 올라왔고 나중에 그중 한명이 수에서 벌목업을 했죠. 사라 스노드롭[51]이라는 딸이 있었는데 한동안 아버지를 위해 집을 봐줬지만 누구 못지않게 집안일을 못 했던 모양인 데다가 발작도 부렸죠. 그는 대부분 저 밖 통나무집에서 혼자 지냈습니다. 언젠가는 사람들을 모아서 강 건너편에 목재소를 지었는데 저 강은 보이는 것처럼 크지가 않아서 목재소를 이틀 돌리려면 강물을 사흘은 가둬놓아야 했어요.

나중에 토론토에 있는 아내가 죽고 전 대령은 폭포 근방에 가서 라자르 자매 중 하나에게 구애했습니다. '내 소유의 섬과

51) '눈 내림'이라는 뜻의 별명. 설강화를 가리키기도 한다.

집이 있소' 하고 말하죠. '그리고 피아놀라[52]도 있고 사라 스노드롭은 집안일에 아주 젬병이오.' 그녀가 물었죠. '당신이 사는 그곳을 집이라고 부르는 거예요? 집이 아니라 오두막이겠죠. 신도 저버린 당신의 황량한 섬에 나를 위한 집을 지은 후에 다시 오세요, 그러면 당신은 비록 개신교도지만 진지하게 고려해보겠어요.'

나이아가라의 목재소 작업 감독과 결혼한 마거릿 모리스가 이걸 다 적어놨어요, 그녀의 할머니가 에밀리 라자르거든요.

그렇지만 그가 이 집을 지은 것은 케이티 라자르를 위해서였어요. 제대로 된 꼴을 갖추는 데 5년은 걸렸다지. 목재를 제외한 모든 것들을 강으로 실어 올라와야 했으니까요. 그런데 집이 다 되기 직전에 케이티가 죽은 거예요. 고열인지 폐렴인지, 신만이 알겠죠.

마거릿이 말하길, 그래서 그는 이제 에밀리에게 구애했어요. 에밀리, 그녀는 정말 멋진 여자였습니다. 피부는 어둡고, 음, 혹자는 그녀에게 인디언 피가 흘렀다는데 프랑스인도 피부가 어둡고 스코틀랜드나 아일랜드 여자들도 눈이 그렇게 검은 사람이 많지 않습니까. 그녀는 눈대중으로 남자의 치수를 재서

52) 페달을 밟으면 종이 카드에 구멍을 뚫은 악보를 연주하는 기계식 반자동 피아노.

그에게 딱 맞는 파란 플란넬 셔츠를 만들 수 있었고—그 시절 플란넬은 파자마 같은 그런 허접한 게 아니라 제대로였죠—버튼이 두 줄인 제복을 남는 천 하나 없이 자로 잰 듯 몸에 꼭 맞게 재단할 수 있었어요. 뜨개질은 할 줄 몰랐지만, 인디언들에게 그 일을 맡겼고 읽고 쓸 줄은 몰랐지만 다른 모든 것을 알고 있었어요. 여기 위 지방이 돌아가도록 하는 그런 여자였달까요. 요리도 잘하고 불쏘시개도 잘 쪼개고 아이들도 죽지 않게 건강하게 키웠죠. 그녀는 카돗가 사람 중 하나와 결혼해서 아이 열셋을 낳았어요. 그런 그녀가 이미 나이 든 영국인이랑 결혼할 이유가 뭐가 있겠어요.

사람들은 그 후에 그가 조금 정신이 나갔다고들 하죠, 여기에서 혼자 책만 보고 지내면서 말입니다. 그가 말을 걸곤 하는 곰이 한 마리 있었어요. 아들과 그의 아내가 올라와 같이 살게 되자 그는 조금 괜찮아졌어요. 여전히 힘든 시대였지만 문명은 여기에도 스며들기 시작했어요. 두 번째 대령의 아내는 이곳을 좀 더 살 만하게 정돈했고 영국에서 가구도 들여왔어요. 저 고급 탁자들은 다 그녀 겁니다. 1878년의 혹독한 겨울에 그가 죽을 때쯤에는 여기 북쪽 지방도 이미 개발되었어요. 더 이상 오지가 아니었죠.

오해는 마세요, 그의 자녀들은 그를 방문하러 여기로 올라

오곤 했어요. 꽤 잘 컸고 돈도 많은 무리였죠. 그 집안사람은 교육에 익숙해서 의사, 변호사도 많이 나왔습니다. 조슬린 대령이 살아 있을 때는 여름에 많이들 와서 크리스 크래프트[53]를 몰고 돌아다니곤 했어요.

그녀가 모든 걸 협회에 남기자 그들은 분노했죠. 그녀는 클리블랜드에 사는 사촌들과 잘 지냈지만, 그들은 이미 웬만큼 잘 살았어요. 나는 그녀가 여기를 역사적인 기념물로 남긴 것이 잘한 일 같아요. 망할, 이게 역사적인 기념물이지. 아니, 캐리 대령이 아니면 어느 누가 자기 재산을 다 써가면서까지 이런 곳에다가 이처럼 거대한 집을 지었겠어요? 이 망할 놈의 섬은 모래톱에 불과해요, 경작할 수가 없다고요. 이제는 별장도 지을 수 없고요, 그러려면 흐르는 물도 나와야 하고 오수 정화조도 필요하니까요. 요즘 피서객들은 다들 물 내리는 변기랑 세탁기를 원해요. 당신의 똥간은, 실례지만, 말하자면 생태학적으로는 좋았죠."

"키 큰 여자였나요? 조슬린 대령 말이에요."

"크지도 않고 작지도 않고. 당신보다 조금 더 크지만, 많이는 아니에요. 그녀는 마치 말을 타는 것처럼 영국식으로 걸었

---

53) 1874년에 설립된 미국의 보트 회사.

어요. 이 위쪽에서는 처음으로 바지를 입은 여자였죠. 떠들고 놀 시간이 있는 사람들 같았으면 난리 났을 겁니다. 그녀를 콧대 높고 고상한 체하는 속물이라고 말하는 사람들도 있었고 또 그 일가 사람들은 그녀와 잘 지내지 못했어요. 그들이 방문하면 그녀는 자기 그릇, 은식기, 이것저것 많이 챙겨 주었죠. 자신에게 화려한 장식품은 필요 없다, 자신은 섬만 있으면 된다면서요.

그렇지만 멋진 여자였어요. 그때는 설상차가 있기 전이었는데 겨울에 필요한 것이 있으면 우리 가게에 작은 썰매를 타고 오곤 했어요. 얼음 속으로 빠질 거라는 걱정이 하나도 안 되는 유일한 사람이었죠.

여기로 다시 올라오고 나서 그녀는 거의 혼자 살았어요. 나는 얼음 위로 다니는 것을 정말 싫어하는데 그래도 그녀가 잘 지내나 가끔 보러 오곤 했어요. 어떤 사람들은 별로 개의치 않는데 난 아니에요, 나는 그런 쪽으로 객기를 부리지 않아요. 얼음을 믿지 않아요. 얼음 속으로 사라진 사람들을 너무 많이 봤으니까.

리로이네와 킹네가 그녀에게 잘해줬어요. 그녀는 그들의 친구였죠. 그녀와 루시는 죽이 아주 잘 맞았습니다. 있죠, 사람들은 루시가 메이티[54]라고 말하겠지만 그건 아주 옛날 일이에요. 내 생각에 그녀와 조는 거의 순혈 인디언인데 그게 무슨 말이냐면, 그들이 어디서 뭘 하는지 도무지 알 수 없다는 거예요.

어쨌거나 가끔 맥주 마시는 걸 그녀도 좋아했어요. 파리들이 사라지고 나면 나와 저기 부두에 앉아서 둘이서 여섯 병을 끝내곤 했죠. 그녀는 훌륭한 정원사에 훌륭한 낚시꾼이었어요. 남자처럼 커다란, 나보다 훨씬 큰 손이었는데 쓸데없이 로션 같은 걸 바르지도 않았어요. 집은 먼지 하나 없었고 다른 사람에게 줘버리지 않은 은식기는 광이 났고. 빵도 구웠죠. 여자가 해야 된다는 일을 다 하고도 덫을 놔 먹고 살기까지 했어요. 그러니까 그들이 원래 영국 신사 출신이고 했지만, 그때쯤에는 그 집안에 돈이 별로 없었어요, 이 집과 토론토의 본래 가족에게 다 쓰였으니까요. 그녀는 연금도 얼마 없었어요. 지금이라면 가구를 골동품으로 다 팔 수 있었겠지만, 골동품 시장은 새로 생겼으니까요. 아니, 그녀는 노인이 될 때까지 사냥철이면 허리 위로 오는 작업복을 입고 배를 타고 나가 덫을 놓아 쥐와 비버를 잡았어요. 고되고 추운 일, 인디언의 피가 흘러야 견딜 수 있는 일인데 그녀는 해냈어요. 개천이건 작은 만이

---

54) 캐나다 선주민과 프랑스계 캐나다인 사이에서 계승된 후손.

건 속속들이 알았고 당연히 자격증도 있었고 또 그 일을 두려워하지 않았어요. 하지만 성공회 선교사와 그의 아내가 들렀을 때는 파란 접시와 은식기 중 남은 것들을 차려놓고 (내 아내는 그 찻잔 세트를 보고 눈이 튀어나올 정도였죠) 옛날 할리우드 영화에나 나올 법한 드레스를 입고 성공회 선교사와 그의 아내가 얼마나 평범한 사람들인지 느끼게 해주었죠.

한번은 그녀가 스라소니를 잡았어요—죽기 1년 전—그러니까 아주, 아주 늙은 노인일 때 말이에요. 나는 '어떻게'나 '왜'를 캐묻지 않았어요. 덫 중 하나에 걸렸겠죠. 내가 아는 것이라곤 그저 그녀가 내게 자신은 스라소니 수렵 면허가 없으니 누구누구에게 좀 말해달라고 부탁했다는 거예요. 직접 무두질하고 잡아매고 숨겨야 했죠, 일반 상인에게 보여줄 수 없으니까요. 저 위 사게네이[55] 근처 어디의 퀘벡 사람이 어쩌다 보호종이나 사고로 잡힌 특이한 것을 구하러 올 때가 있는데 (아니, 스라소니를 우연히 잡게 되면 뭐 어떡해요? 자수한다? 묻는다? 죽어도 그렇게는 안 되지) 그가 200달러를 줬죠. 그녀는 그 돈이 꼭 필요해 보였어요.

그 가죽을 봤어요. 정말 아름다웠죠. 구멍 하나 없이. 덫에서

---

55) 퀘벡주의 시.

죽었는지 목을 졸라 죽였는지 모르겠어요. 그녀라면 그럴 수도 있었죠. 그 정도로 맹렬한 여자였으니까요. 가죽을 버드나무로 잡아매놓았는데 고양이 새끼처럼 노랗고 부드러웠어요."

"저건 그녀의 곰이었나요?"

"아뇨. 누가 그녀에게 저 곰을 줬는지 모르지만 그녀 거라고 하기는 어렵죠. 내가 그렇게 말한 적 없죠, 안 그래요? 그녀는 저 곰을 좋아한 적이 없었어요. 어쩌면 루시가 줬을지도 모르지만 그녀 거라고는 할 수 없는 게 아예 관심을 두지 않았으니까요. 저 밖에 늘 곰이 있으니까 그대로 두겠다, 그렇게 생각하는 것 같았어요. 하지만 나로서는 항상 곰이 좀 안쓰러웠죠, 조금이라도 신경을 써주는 건 루시와 조뿐이었으니까요. 대령은 그냥 참고 내버려뒀다고나 할까요. 그녀가 애정을 가진 것은 그녀의 아이리시 세터[56]였어요.

그런데 그녀의 다른 곰, 그 곰이 정말 별났어요. 개처럼 집 안 곳곳 그녀를 따라다녔죠. 사냥꾼들—그러니까 그냥 사냥꾼이 있고 또 다른 '사냥꾼'이 있는데 나는 고기를 얻으려고 사냥하는 사람에게는 아무 감정도 없습니다, 나도 매년 북쪽으로 가서 무스 사냥을 하고 무스 수렵 면허는 싸지도 않아요.

56) 사냥개로 키우는 아일랜드의 개 품종.

반 톤짜리 날 무스 시체를 싣고 낡은 삼나무 카누 노를 저어 20마일이나 이동하라면 할 수 있겠어요? 그러니 무스 고기를 위해 사냥하는 게 어디 멍청한 사냥꾼이 십자선十字線 있는 라이플총을 가져와서 자기가 무슨 어니스트 헤밍웨이라도 되는 양 부두에서 벌이나 쬘 뿐인 그녀의 곰 심장을 쏘는 거랑 같냔 말이죠."

그녀는 작은 쿵 소리와 함께 비틀거리는 자신이 느껴졌다. 그렇지만 대령은 캐롤라인 램 부인[57]이 아니라, 버드나무 가지에 건 불법 스라소니 가죽을 들고 척척 걸어가는 깡마르고 강인한 노파라는 것을 떠올렸다.

"정말 대단한 부인이었네요." 그녀가 더듬거렸다.

"에이, 대단한 부인이 아니죠. 모조 남자, 하지만 끝내주는 모조 남자였다고요." 호머가 머리를 긁으며 말했다.

---

57) 캐롤라인 램(1785-1828)은 불륜 관계였던 시인 조지 고든 바이런을 모델로 한 1816년 작 소설《글래나번Glenarvon》의 작가이자 영국의 귀족. 그녀의 사후 빅토리아 여왕의 첫 번째 수상이 된 윌리엄 램 경의 배우자이기도 하다.

14

그녀는 믿음의 위기 속에 던져졌다. 그날 저녁 호머가 떠난 후 책을 읽지도, 차분히 색인 작업을 하지도 못하고 캐리 대령의 훌륭한 서재에, 틀림없이 세계적인 수준으로 용도에 맞게 지어진 곳에 꼿꼿하게 앉아 있었다. 자신이 어떤 권리로 이곳에 있는지, 왜 이 일을 직업으로 선택했는지 고민에 빠졌다. 그리고 자신이 누구인지도.

이런 곤혹스러움은 주로 그녀가 흥미진진한 작업에 착수하고 몇 주가 지나서야 떠올랐는데 이번에는 일찍, 이제 막 작업 방식을 확립한 순간 찾아오고 말았다. 머리로는, 심지어 심정적으로도 목표를 재정비할 필요가 있음을 알았지만, 왜 재정비의 시기가 우울을, 내부의 존재가 지르는 비명을, 작업하고 있는 업무가 아니라 자신에게 의문을 제기하는 내면의 분란한 목소리를 동반해야 하는지 이해할 수 없었다. "나는 여기서 뭘 하고 있지?" 자신에게 물어보면 내면의 목소리는 이렇게 메아리칠 것이었다. "네가 도대체 뭐가 잘났다고 뻔뻔스럽게 이곳에 있는 거야?"

맥주를 마셨었지. 머리가 아프고 어지러웠다. 게다가 자신의 것이 아닌 어떤 비밀을 호머에게 드러내고 만 듯한 죄책감이 들었다. 자신이 나쁜 짓을 했고 호머가 그것을 아는 듯한 죄책감이.

외부적인 것들, 그러니까 색인 카드와 필기한 것들에 집중하려 애썼다. 책장을 둘러보니 여름 내내 이 일을 하려면 꼼수를 써야 함을 깨달았다. 효율적으로 하면 일주일 안에 다 끝낼 수 있을 정도의 일밖에 남지 않았다. 곧 떠나야 할 수도 있었다. 떠나고 싶지 않았다.

그녀는 항상 질서 정연하게 행동하려고 노력했다. 생각과 감정을 일람표로 정리해 지독하고 무법적인 내면의 목소리가 곤란스러울 때 내놓을 효과적인 답을 머릿속에 잔뜩 마련해 놓았었다. "나는 여기서 뭘 하고 있지?"라는 질문에는 목록으로 대답할 수 있었다. 다른 대답들도 갖춰놓았다. "네가 도대체 뭐가 잘났다고 뻔뻔스럽게 살아 있으려는 거니?" 다른 삶의 파편들을 정리하는 일을 하고 있으니 쓸모가 있다고 답하며 자신을 정당화했다.

그러나 이곳에서 그녀는 제 존재를 정당화할 수가 없었다. 이 모든 카드와 세세한 정보와 분류가 다 무슨 소용인가? 저마다의 질서로 기록되고 분류되어 결국에는 그녀로 하여금 체계를 찾고 비밀을 파헤칠 수 있도록 해주는 그것들이 처음에는 아름다웠으나 지금에 와서는 죄책감을 불러일으킬 뿐이었다. 호머의 이야기만큼 살아 있으며 숨겨진 것을 밝혀낼 수 있는 유의미한 일은 결코 절대로 없을 것이었다. 그것들은 진실에 대한 이단일 뿐이었다.

어떤 삶이든 카드에 놓고 섞어 피라미드 솔리테어[58] 모양으로 펼쳐놓으면 어떤 의미를 찾을 수 있을 거라고 그녀는 씁쓸하게 생각했다. 그러나 절대로 '호머 캠벨'이라고 적힌 색인카드를 만들 수는 없을 테고 오늘 밤 호머가 남긴 의미는 하나도 전달할 수 없을 것이다. 여기서 죽을 때까지 하릴없이 시간을 보내며 임기나 채우고 있다는 사실을 곧 인정해야 할 것이다. 캐리 대령은 캐나다 역사와 하등 관계가 없음이 분명했고 자기 자신도 마찬가지였다. 그들 둘 다 어떤 것과도 이어져 있

---

58) 피라미드 모양으로 카드를 펼치고 두 장의 합이 13이 되게 하여 아래부터 가장 상단의 카드까지 모두 제거하는 1인용 카드 게임.

지 않았다.

자신이 투정 부리는 아이 같았다. 이런 기분이 지나갈 때까지 무언가 구체적인 일을 해야 한다는 것을 알았다. 우울하게 앉아서 곱씹어봐야 좋을 것은 아무것도 없었다. 아래층으로 내려가 곰을 풀어주었다. 그를 강으로 데려가서 그가 멋지게 돌며 철썩거리는 광경을 즐기려고 애썼다. 그러나 그도 역시 근심으로 가득 차 마음이 가라앉은 것처럼 보였다. 얕은 강물은 따뜻했지만 조금이라도 깊은 곳으로 가려면 얼음장 같은 물을 헤엄쳐야 했다. 곰이 물에 잠겨 악어처럼 눈과 콧구멍만 위로 내밀고 둥둥 뜬 채 다가오자 그녀는 잠깐이나마 소리 내어 웃었는데 무언가가 그 웃음마저 흐려버렸다. 침울한 침묵 속에서 그를 강가로 데리고 나왔다.

다시 위층으로 가서 자신이 만든 카드들을 읽어보았다. 서가는 관습적이었고 캐리에 대한 개인적인 정보는 빈약했다. 연구에 의미를 부여하기에는 아직 너무 일렀고 어쩌면 영원히 어떤 의미도 찾아내지 못할지도 몰랐다. 줄거리와 등장인물을 폐기하고 추상적인 체계를 구축하려 했으나 그렇게 하기에는 전통에 지나치게 사로잡힌 프랑스 소설가가 된 기분이 들었다. 자신이 나약하고 구체적인 것에서 자유롭지 못하다고 느꼈다. 이상理想을 향해 날아가려고 했는데 이상異常으로 날아들고 말았다.

분명히, 틀림없이, 하며 그녀 안의 현실적인 목소리가 소리를 높였다. 이 작업의 목적은 그런 것과 전혀 상관없어. 너는 그저 협회장의 지시를 실행하려고 여기 있을 뿐이야.

서류 어딘가에 깊숙이 파묻혀 있던, 협회장이 처음에 보낸 편지는 (ㄱ) 캐리 대령이 협회에 남긴 캐리섬 서재를 색인화하고 (ㄴ) 서재의 상태와 내력에 대한 별도의 주를 달고 (ㄷ) 북쪽 지역의 인문 지리를 연구하는 시설로서 캐리섬의 적합성을 자세히 보고하고 (ㄹ) 캐리 시기의 이주사에 관심 있는 역사학자들에게 유용한 새로운 정보들을 출처와 함께 목록화할 것을 지시했다.

그녀는 지시 사항을 두 번 연달아 읽었고 안도의 한숨을 내쉬었다. 어떤 것을 하든 유의미할 것이었다. 그녀에겐 이제 삶의 허가가 존재했다.

15

다음 날 아침 그녀는 사슬에 묶인 곰을 데리고 측량 지도와 해군 도표를 비교해가며 자체적으로 만든 엉성한 지도를 이용해 탐험에 나섰다. 곰이 몇 분간 계속 줄을 당기자 그를 놓아주었다. 그가 다시 돌아올 것을 알았다.

부두와 바깥채들과 망루 나무를 지도에 표시했다. 초석이었던 것으로 보이는 돌 행렬도 표시했다. 그런 다음 먹파리에 대비해 스카프를 머리에 단단히 두르고서 곰이 사라진 풀숲의 남쪽으로 출발했다. 썩은 통나무 아래를 즐겁게 파헤치며 뭉툭한 손 가득 흙과 유충들로 배를 채우고 있는 곰을 발견했다. 잠깐 멈춰 서서 풀숲의 고요하지만은 않은 으스스한 적막에 귀를 기울였다. 울새들이 다시 돌아왔다. 딱따구리가 나무를 쪼았다. 멀리 모터보트가 하나 있었다.

숲은 봄의 첫 순수를 잃어버렸다. 앉은부채는 잎이 넓적하게 벌어지고 연영초는 말라가고 있었다. 얇은 나뭇잎들 사이로 해가 비쳤다. 그녀는 휘파람으로 곰을 불러 강변의 철썩대는 소리와 나란한 길을 헤치며 걷다가 바위들이 놓인 모양이라든가 허물어진 통나무집 모양이라든가 뭐든 찾아보았고, 포틀랜드[59]나 배스[60]에서 이곳에 도착해 이런 것과 마주쳤다면 어땠을지 상상하려 애썼다.

그런 면에서 이 섬은 소박했다. 그녀는 어떤 탐험가라도 땅딸막 코르테스[61]처럼 눈이 뒤집혔을 듯한 캐나다의 지역들을 본 적이 있었다. 이 강의 아름다움에도, 극적일 수도 있을 가을의 풍경에도 불구하고 이곳은 온순했다.

갑자기 나무들 사이를 뚫고 튀어나온 그녀는 자신이 남쪽 끝의 곶에 도달한 것을 깨달았다. 맙소사, 내 생각이 완전히 틀렸군.

---

59) 미국 오리건주의 도시.

60) 미국 메인주의 도시.

61) 오늘날 멕시코 지역을 처음 발견해 아즈텍 제국을 무너뜨리고 식민화한 스페인 탐험가 에르난 코르테스(1485-1547)를 가리킨다. 영국 낭만주의 시인 존 키츠(1795-1821)의 《채프먼의 호메로스를 처음으로 읽으면서On First Looking into Chapman's Homer》에 "땅딸막 코르테스"라는 구절이 있다.

강은 드넓고 물살이 거셌다. 섬과 선박 안내등이 햇빛에 반짝였다. 곰이 컹컹대며 고사리를 짓밟고 그녀에게로 달려왔다.

그들은 이것 때문에 온 거구나, 그녀는 생각했다. 그들은 풍경에 환장한 사람들이었다. 그들은 수채화를 그리고, 로버트 아담[62]에게 응접실을, 험프리 렙튼[63]에게 외관을, '가능성' 브라운에게 정원을 맡기고자 했다. 그렇게 하지 못하자 훌륭한 크기의 창을 낸 통나무 오두막집을 지었는데, 그것도 경관 좋은 곳이 아니라 늪지가 단풍나무와 모래로 바뀌는 곳, 악천후로부터 조금이나마 보호받을 수 있는 곳에다 지었다. 그 조그만 집이 번영하면 높은 빅토리아풍 집으로 새로 짓고 아들들은 타지에서 신사로 길러 여름에 경치나 즐기러 돌아올 수 있도록 했다.

그녀는 진정으로 낭만적이었던 자들은 끔찍하게 죽었음을 떠올렸다. 얼음 사이로 떨어지거나 폐렴이나 결핵에 걸리거나 정체를 알 수 없는 고열이라든가 괴혈병, 우울증, 혹은 방치로 인해 죽거나. 오직 가장 강인한 자들과 그들의 회고록 몇몇만이 살아남았다. 협회에 남겨진 일기들은 주로 이주민들이 영국에서 이곳으로 도착하는 데서 갑자기 끝났다. 자기가 살 집

---

62) 영국의 신고전주의 건축가(1728-1792).

63) 랜슬롯 '가능성' 브라운의 후계자로 여겨지는 영국의 조경사(1752-1818).

을 스스로 짓고 옷과 비누와 양초, 가구와 연장들을 스스로 만들어야 했다면 잉크를 배합하거나 잉크를 사용할 깃펜을 찾을 시간 따위는 없었을 것이다.

루는 아일랜드 북쪽에서 아내와 자식 열 명을 데리고, 역시 자식이 아홉 명인 형제와 합류하려고 온타리오로 간 남자의 후손이었다. 뉴욕에서 그들이 여정의 두 번째 단계를 준비하고 있을 때, 장남이 탐험하러 나갔다가 사라져버렸다. 그들은 닷새 동안 그를 찾아 헤맸지만 결국 그 없이 떠나야 했고 캐나다로 가는 내내 눈물을 흘렸다. 몇 달 후 그들이 형제의 집에 도착했을 때 그가 "그런데 우리 앤드루는 어디에 있지?" 물었고 이 말을 들은 우리의 가장은 위층으로 올라가 드러눕더니 죽어버렸다. 자기 형제에게 두 여인과 아이들 열여덟 명을 남기고. 그녀 집안에는 여전히 광적인 강인함과 뉴욕에 대한 절대적인 공포가 있었다.

캐리는 말하자면 신사 계층이라고 할 수 있지, 그녀는 생각했다. 우리네 같은 무리와는 달랐다. 남편을 따라 외지로 가기엔 너무 고상한 아내라니, 우리 방식이 아니었다. 우리라면 그가 술독에 빠지지 않도록 그와 함께했을 것이었다.

그녀는 가죽 부츠가 젖지 않게 애쓰며 뒤를 따르는 곰과 함께 장엄하도록 아름다운 곳을 돌아 루시 리로이의 오두막이 있다는 섬의 반대편으로 천천히 나아갔다. 멀리서 타종 부표의 종소리가 들리고 호수 운항선의 고동이 울렸지만 섬 전체를 순회하는 동안 그녀는 어떤 거주의 흔적도 찾을 수 없었다.

집에 돌아왔을 때는 녹초가 되어 있었다. 지난 한 달간 어찌나 걷지 않았던지 다리 근육이 퇴화하고 있었다. 안으로 들어가 누워서 잠을 청했다.

그녀가 깼을 때는 어두웠다. 혼미한 상태에서 겨우겨우 램프를 켜고 커피를 끓이고 곰에게 먹이를 주려고 밖으로 나갔다. 부산하게 제 접시로 향하는 그의 눈이 어둠 속에서 붉은 황금빛으로 번쩍였다.

저녁 식사를 마칠 때쯤 곰이 들여보내달라고 문을 긁는 소리가 들렸고 그녀는 뭐 어때? 생각했다. 문을 열어주면서 문득 자신이 늘 곰이 다른 누군가의 모습이기를 기대해왔음을 깨달았다. 곰도 자신처럼 변신을 꿈꾸는지, 매일 아침 왕자가 되리라 기대하면서 일어나는지, 아직도 곰이라는 사실에 실망하는지 궁금했다. 그럴 리 없을 것이다.

일한다고 했으면 일해야지. 일하러 위층으로 갔다. 그녀는 항상 자신이 맡은 바를 다했다. 한때 신문사에서 일했는데, 그곳 사람들은 퇴사하고 책을 쓸 거라는 말을 입에 달고 마감에서 다음 마감으로 황망하게 살았다. 마감을 놓치는 것이란 그들의 '원죄'였기 때문이다. 그녀가 신문사를 떠난 것은 글을 쓰기 위해서가 아니라, 인터뷰해야 했던 결혼 50주년을 맞은 제빵사가 죽은 아내의 자매와 결혼했다는 사실이 밝혀질까 봐 두려워 벌벌 떤다는 것을 알았을 때였다. 그의 반응이, 결국 억누르긴 했지만 진실을 밝히고 싶다는 비틀어진 욕망과 빅토리아 시대의 역사를 다루는 수업의 생생한 기억을 불러일으켰다. 갑자기 신문사 생활이 덧없고 궁핍하게 여겨졌고(사실 그리스에서 신문은 어떤 곤충들처럼 '하루살이'라고 불린다) 그녀는 역사 서술에 관련된 직업 중 가장 덜 기생적인 일에 자리를 잡기 위해 진로를 바꾸었다.

위층 서재로 갔다. 곰은 조금 시간을 두고 그녀를 따라왔다. 그가 계단 꼭대기에서 몸을 끝까지 일으켰을 때 그녀는 책상에 앉아 있었고 그에게 전혀 관심을 두지 않았다. 1832년 존 캐리 앞으로 서명된 리처드슨 소령[64]의 《와쿠스타Wacousta》 초판을 발견한 것이다. 경매장 일람표의 가치를 확인할 수 있으면 좋겠다고 생각하며 그것을 자료 목록에 기입하고 오랫동안 손에 들고 있었다. 여기에 온 보람을 느끼게 해줄 만한 굉장한 희귀품이었다.

---

64) 존 리처드슨(1796-1852)은 캐나다인 영국군 장교다. 1832년에 쓴 캐나다의 역사를 다룬 소설《와쿠스타》로 유명하다.

보스턴판이라고 되어 있지만 실제로는 캐나다 해적판인, 영국이나 프랑스의 원작자에게 수익이 돌아가지 않도록 출판된 다른 값진 책들도 있었지만 지금까지 어떤 책도《와쿠스타》에 비견할 바는 아니었다. 이 책을 읽은 적이 없다니 이상하군, 그녀는 생각했다. 하지만 이 판본을 읽지는 않을 거야. 읽을 용도로 토론토에서 한 부를 구해서 본문을 비교해봐야겠어. 이거 참, 캐리, 당신이 리처드슨을 알았다면 어쨌든 당신도 뭐는 되었나 보군.

"누우렴, 나의 사랑스러운 멋쟁이." 귀중한 책을 발견하니 기분이 좋아져서 그녀가 말했다. 그러고 나서 다음 책으로 손을 뻗어 쪽지가 있는지 먼저 흔들어보고 책장을 펼쳤다. 바이런과 셸리에 대한 트릴로니의 회상록이었다.

책을 읽기 시작했다. (왜냐하면 출간일이 1932년 런던으로 되어 있는 신성하지도 희귀하지도 않은 판본이었기 때문이다.) 트릴로니? 셸리를 화장하고 심장을 거둔 사람. 그래, 그 트릴로니다. 해적. 거대한 남자. 셸리가 죽고 바이런과 그리스로 갔지.

책을 읽어 내려가며 그녀는 흥분으로 가득 찼다. 흥미 있는 주제였는데 이걸 읽은 적이 없었다. 왜지? 누군가가, 어떤 학자가 그녀에게 이 책은 쓰레기 더미라고 말했었다. 평전은 대부분 쓰레기지, 그녀는 생각했다. 사람들의 기억은 엉망진창이다. 하지만 이 얼마나 재미있는 쓰레기인가! 이 남자란! 거대하고. 폭력적이고.

거인. 2만 명의 콘월 사람들과 관련된 진짜 트릴로니의 진짜 자손.[65] 아, 그는 분명 거짓말쟁이일 것이다.

곰 좀 봐, 저만의 생각 속에서 꾸벅꾸벅 꿈뻑꿈뻑 조는 모습이란. 개 같기도 그라운드호그 같기도, 남자 같기도 하다. 거대해.

트릴로니는 제대로다. 그는 자신만의 목소리로 말한다. 그는 고약하지만 자신만의 목소리로 말한다.

그녀는 똑바로 앉아서 그 문장을 소리 내어 말했다. 곰이 낮은 소리를 냈다. 그의 곁에 무릎을 꿇었다. 캐리 대령은 그녀에게 아주 작고, 골치 아프고, 소름 끼칠 정도로 종이를 아껴 쓴 쪽지들을 남겼다. 그녀는 아직도 그의 목소리를 찾고자 집을 뒤지고 있었다. 트릴로니와 곰이 캐리의 목소리로 말하는 듯 무서웠다. 트릴로니는 자신이 시인이 되지 못했기에 시인을 찾아내려고, 시인과 친분을 쌓으려고 했고 시인들에 대해 낭

65) 에드워드 트릴로니(1792-1881)는 콘월 지방 귀족의 자손이다. 그의 조부 중 한 명이 〈서쪽 사람의 노래The Song of the Western Men〉 또는 〈트릴로니Trelawny〉로 알려진 콘월 애국가에 등장한다. 감옥에 갇힌 그를 구하려고 콘월 사람 2만 명이 행진했다는 가사가 있으나 실제로는 재판 후 풀려났다.

만적으로 굴었다. 그는 스윈번[66]과 라파엘전파를 만날 때까지 오래 살았다. 거기에 어떤 연결 고리가 있다.

캐리는 섬을 원했다.

그녀는 들떴다. 그가 어쩌다 그렇게 되었는지, 캐리라는 사람이 누구인지 알고 싶었다. 트릴로니. 캐리 대령. 곰. 그들에게는 어떤 연결 고리가, 손가락으로 짚을 수 없는 어떤 가까움이, 염원과 욕망, 실현을 한데 묶은 끈이 있었다.

곰 옆에 누워 트릴로니를 계속해서 읽었다. 바이런과 메리 셸리[67] 둘에게 흉포하게 굴었던 끔찍한 허풍쟁이. 바이런은 너무 앉아만 있었다.[68] 셸리는 헤엄칠 줄 몰랐다. 트릴로니는 셸리를 위해 보트를 샀다. 그것은 좋은 보트가 아니었다.

---

66) 알제논 찰스 스윈번(1837-1909)은 빅토리아 시대의 시인, 극작가, 소설가이자 비평가다. 르네상스 이전의 자연적인 것을 추구하고 모방하는 19세기 중반 복고주의 라파엘전파의 영향을 받았다.

67) 메리 울스턴크래프트 고드윈(1797-1851)은 20세에 쓴 《프랑켄슈타인》으로 널리 알려진 영국의 작가다. 대표적인 낭만주의 시인 퍼시 비시 셸리(1792-1822)와 결혼했다. 둘은 스위스에서 바이런을 만나 친분을 쌓았으며 메리 셸리는 이곳에서 《프랑켄슈타인》의 근간이 되는 글을 쓰기도 했다. 에드워드 트릴로니 역시 작가로 바이런과 퍼시 셸리와의 친분과 그들의 전기를 쓴 것으로 유명하다. 퍼시 셸리는 1822년 항해 중 익사했고 시신은 화장됐다. 화장은 당시 흔하지 않은 방법이었다. 진위는 알 수 없으나 트릴로니의 전기에 따르면, 화장이 끝난 후 뼈와 함께 그의 심장만 전혀 손상되지 않고 남아 있었으며, 트릴로니가 심장을 재 속에서 꺼내 보관했다. 이후 메리 셸리가 트릴로니에게 심장을 받아 죽을 때까지 30년 넘게 보관했다는 소문이 있다.

의사에 관해서 읽었다. 그러고는 책의 마지막으로 건너뛰었다. 맙소사, 그는 바이런의 저는 발을 보려고 수의를 들췄다. 역겨운 남자다.

빅토리아 시대 사람들은 전기이든 후기이든 다들 병적인 천재였다고 그녀는 생각했다. 캐리는 그중 한 명이었고 이곳의 섬을 샀다. 그에게는 길을 안내해줄 아커만의 전망도[69]나 바르트레트의 판화[70]가 없었다. 그는 자신이 뭘 원하는지 알았고 여기에 와서 그것을 찾았다.

그가 그것을 원하게 된 계기는 무엇이었을까? 아프라 벤 부인[71]의 소설들에 매혹되어서 이곳에 온 후《아탈라》와 고귀한 야만인[72]이라는 개념으로, 제임스 페니모어 쿠퍼[73]로 차차 넘어갔을까?

그는 원대한 꿈을 위해 이곳에 왔다. 고되리라는 것을 알고

---

68) 바이런은 오른발의 선천적인 기형으로 다리가 불편했다.

69) 루돌프 아커만(1764-1834)이 세운 출판사에서 낸《런던의 소우주The Microcosm of London》《웨스트민스터 사원Westminster Abbey》《센강The Seine》《세계의 축소도The World in Miniature》 등의 여행기, 지형도를 의미한다.

70) 윌리엄 헨리 바르트레트(1809-1854)는 지형도, 풍경을 그린 판화 등으로 유명하다.

71) 영국의 작가(1640-1689)로 노예가 되어 비극적 최후를 맞이하는 왕자 오루노코의 이야기를 다룬 1688년 작《오루노코》로 알려져 있다.

72) 문명의 '때가 묻지 않은' 본연의 상태로 살아가는 야생적 인간의 전형을 뜻하는 개념으로 낭만주의, 원시주의 작품의 등장인물 유형으로 자주 사용되었다.

있었다. 더 외딴 섬으로 오려는 하인은 없었다. 책을 구하려고 굉장한 노력을 들였으며 아마 어렵게 입수한 장서에 대한 소문 덕택에 이 서재가 협회에 남겨졌을 것이다. 그러나 익숙한 문명을 포기하는 희생을 감수하고 캐리가 얻은 것은 대체 무엇인가? 책으로 안전하게 둘러싸인 섬 왕국? 흥청망청 파티의 소음에서 영원히 멀어지는 것? 새하얀 목장식으로부터의 해방? 아니면 단순히 희망과 변화였을까?

현실적인 아내는 요크에 남겨두고, 꿈을 좇아 그가 여기로 왔다고 그녀는 생각했다. 그는 모험을 좋아하고 혈기 왕성하고 낭만적이었다. 그의 자리는 야생에 있었다.

"곰." 갑작스럽게 몰려오는 외로움에 그의 털에 발을 비비며 그녀가 말했다. 벽난로는 너무 뜨거웠고 털 뭉치 양탄자가 그녀를 향해 조금씩 다가왔다. 아, 그녀는 외로웠다. 위로받을 수 없을 만큼 외로웠다. 사람과 접촉한 지 수년은 되었다. 그녀는 늘 사람과의 접촉을 발견하는 일에 서툴렀다. 마치 남자들이 썩어 문드러져가는 그녀의 영혼을 알기라도 하는 것 같았다. 관념적으로는 다 좋았고 일로 도피해 잠깐이나마 협회의 진정한 의미 같은 것을 잊을 수 있었는데, 협회에서는 매주 협회장

---

73) 미국의 낭만주의 작가(1789-1851)로 《모히칸족의 최후》 등으로 알려져 있다.

이 그녀의 책상에서 그녀 위에 올라탔고, 둘은 자신들의 행동이 정부政府에 큰 충격을 주기라도 하는 양 굴었다. 그녀는 그가 원하는 것이 자신의 시들어가는 육신이 아니라 온타리오에서 보기 어려운 우아한 18세기의 열쇠 구멍이라는 것을 속으로 잘 알고 있었다.

그것이 사람과의 유일한 접촉이었으므로 그녀는 그 수순이 계속되도록 놔두었는데 그 생각을 하자 몸서리가 쳐졌다. 그 행위에는 어떤 배려와 관심도 없었다. 오직 관성과 편의뿐이었다. 그것은 자신에게 저지르는 무언가가 되어버렸다.

"아, 곰." 그의 목을 문지르며 말했다. 더웠기 때문에 일어나서 옷을 벗었다. 불에서 먼 쪽, 곰의 반대편에 그와 조금 떨어져 누웠고 쓸쓸하고 외로운 마음에 자위했다.

곰이 비몽사몽간에서 깨어나 몸을 움직여 돌아보았다. 그가 두둘두둘한 혀를 내밀었다. 퉁퉁한 혀는 백과사전에 나온 것처럼 세로로 고랑이 져 있었다. 그가 그녀를 핥기 시작했다.

두툼하고 분홍과 검정으로 얼룩덜룩한 혀. 그 혀가 핥았다. 쓸어내리기도 했다. 탐색했다. 매우 따뜻하고 기분 좋고 이상했다. 도대체 바이런은 그의 곰과 무슨 짓을 한 거야?

그가 핥았다. 탐색했다. 그녀는 그가 찾아내려는 벼룩이었는지도 모른다. 그녀의 유두가 딱딱해질 때까지 핥고 배꼽을 깨끗이 닦아냈다. 그녀는 작게 킥킥대며 그를 아래쪽으로 향하도록 했다.

엉덩이를 움직여 그가 더 편하게 해주었다.

"곰, 곰." 그의 귀를 가지고 놀며 속삭였다. 혀는 근육질이었지만 마치 장어처럼 늘어나기도 하면서 비밀스러운 곳들을 모두 찾아냈고, 그동안 만난 어떤 인간과도 달리 그는 그녀의 쾌락을 위해 인내했다. 그녀가 절정에 다다르며 훌쩍였고 곰이 눈물을 핥아 갔다.

16

그녀는 아침이 되어 일어났다. 피부에 닿는 날씨가 실크 같았다. 죄책감의 희미한 연기가 의식의 가장자리를 감돌았다. 자신이 무언가를 방치한 것 같았다. 내가 무엇을 안 했지?

아 이런, 내가 도대체 무엇을 했지?

나는 트릴로니를 읽고 있었고, 그로 인해 황홀했고, 마치 내가 캐리를 알았던 것 마냥, 내가 그의 머릿속을 드디어 이해한 것 마냥, 그리고 나는…… 곰.

오 주여, 나는 대체 무슨 이상한 짓을 했나. 하고 말았나. 자신에게 해버렸나.

그녀는 양심 여기저기를 꼬집어보며 악하다고 느껴지는지 시험해보았다. 사랑받는다고 느낄 뿐이었다.

아름다운 날이었다. 잠옷 차림으로 조심스레 밖으로 나갔다. 몸이 조금 욱신거렸다. 곰에게 물을 주고 귀를 긁어주고 그를 먹였다. 속죄를 위해 정원으로 가 잡초를 뽑으며 힘들게 한 시간 동안 일했다. 토끼들이 정원을 엉망으로 파헤치고 있었고 양배추는 상해 있었다. 울타리나 22구경 권총이 필요했다, 아니면, 뭐 그냥 내버려두던가.

고기를 먹어야겠어, 그녀는 생각했다.

옷을 입고, 아침을 만드는 대신 모터보트의 줄을 푼 후 눈부신 아침의 강물을 미끄러지듯 타고 호머네로 향했다. 세상은 이른 여름의 축복에 싸여 있었다. 물총새가 첨벙대고 물고기가 뛰어오르고 수련 잎들이 강 양쪽으로 펼쳐졌다. 키츠[74]를 떠올렸다. 낭만주의 시인들만이 눈을 뜨고 있었단 말인가.

맞다, 이런 아침이라면. 이런 날씨는 서정을 요구했다. 물새들의 울음 위로 모터가 목을 긁는 듯한 끔찍한 소리를 냈다. 이상하게도 마음이 편안했다.

호머의 가게에는 언제 돌아오는지 알려달라는 협회장의 편지가 와 있었다.

---

74) 존 키츠는 조지 고든 바이런, 퍼시 비시 셸리와 함께 영국 낭만주의 시인의 대표 주자로 꼽힌다.

종이 한 묶음과 봉투를 사서 밖으로 나간 그녀는 강 옆에 놓인 호머의 야외용 탁자 중 하나에 앉아서 '친애하는 협회장님'이라고 썼다. 펜을 빨고는 새 종이에다 다시 적었다. '친애하는 데이비드' 아니, '친애하는 딕슨 박사님'이면 될 것이다. '저는 캐리의 서가에 완전히 몰두해서 지냈습니다. 19세기의 장서들로서 다소 관습적이긴 하지만 전체적으로 볼 때는 우리가 기대한 것 이상입니다. 훨씬 더 평범해 보이는 책 중에서 《와쿠스타》의 초기 판본을 찾았고 다른 것도 발견할 수 있으리라 생각합니다. 언젠가 일기가 나타날 가능성도 있고요—하지만 큰 가능성은 아니라는 것을 고백합니다.

괴혈병을 피하려면 어쩔 수 없이 정원을 일궈야 하기에 평소보다 느린 속도로 일하고 있습니다. 제가 낚시꾼이었다면 그것 역시 좋았겠지만, 보트를 만지작대기에는 영 참을성이 없어서요.

상태가 양호한 몰즈워스 지도가 하나 있습니다.

제가 이 작업을 꼼꼼히 제대로 하기를 원하신다면 남은 여름도 여기에서 보내도록 해주셔야 할 것입니다. 휴가를 펜아스에서 보내는 데 물론 이의가 없으리라 생각합니다.' 자신의 이름을 휘갈겨 쓰고, 종이를 대충 접고, 봉투에 침을 바르고, 각다귀 한 마리가 들어간 봉투를 턱 하고 닫았다. 이 자식 나를 보고 싶어 하는군.

두 번째 편지는 페미니스트 친구에게 온 것으로 왜 국제 여성의 해를 맞아 여성 개척자에 대해 연구하고 있지 않은지 물었다. 그녀는 나무에 반쯤 올라간 새끼 곰이 있는 엽서로 매우 좋은 시간을 보내고 있다고 답장했다.

"여기요." 호머에게 봉투를 내밀었다. "오늘 고기 있나요?"

"신선한 건 없어요. 낚시는 좀 하고 있어요?"

"아니요, 어떻게 하는지 몰라서요."

"거기에 괜찮은 대가 분명 몇 개 있을 거예요. 대령은 많이 했거든요. 그냥 정원에서 애벌레를 좀 파내서 해 질 녘에 보트를 타고 나가세요. 평화롭기도 하고 강 건너편 작은 만에 꼬치고기들이 괜찮아요, 동쪽 모래톱 뒤쪽 말이에요. 꼬치고기가 먹기 좋죠."

루는 몸서리쳤고 열두 개짜리 달걀을 사서 떠났다. 어찌 되었건 그녀는 내륙 사람이었다.

그렇지만 해 질 녘이 되자 강은 식욕을 자극했고 사념을 피하고 싶기도 했다. 벌레를 잡은 뒤 현관에서 코르크 손잡이로 된 오래된 낚싯대를 찾아 강을 따라 아래로 향했다.

모기 때문에 미칠 지경이었다. 낚싯줄을 던지고 나서부터는 가만히 앉아 있을 수도 없었다. 첨벙거리는 소리가 들리니 물고기야 분명히 있었지만 자신이 진정 고기를 잡고 싶은지 알 수 없었다. 민물꼬치고기. 꼬치고기가 정말 먹기 좋은가? 프랑스어로 꼬치고기가 뭐였지?

브로셰, 커넬 드 브로셰.[75] 게필테 피쉬[76]처럼 진득진득하고 기름진. 됐다.

줄을 거두려고 다가갔는데 놀랍게도 거기에는 고기가 걸려 있었다. 정말 이렇게 쉽단 말인가? 줄을 감으려고 했지만, 릴이 엉켜버렸고 반대 방향으로만 풀리려고 했다. 줄은 끈처럼 굵은 오래된 면사여서 그녀는 무모하게 한 손씩 끌어당기기 시작했다. 물고기가 도망치려고 발버둥 치면서 줄에 손바닥을 베였다. 오기가 생겼다. 자신은 없었지만 이제 그 고기를 원했다. 그것을 죽이고 먹을 것이다. 그녀는 거의 배를 뒤집을 뻔하며 몸을 앞으로 기울여서 당기고 또 당겼다.

결국 우아하지 못하게 손으로 그것을 잡는 데 성공했다. 그것은 커다랬고 누르스름한 빛을 띠었다. 주둥이가 길고 사나워 보였다. 보트 바닥으로 떨어져 발 위에서 팔딱거렸다. 그

---

75) 커넬은 크림과 함께 간 생선이나 고기에 빵가루, 달걀 등을 섞어 타원형 또는 통나무 모양으로 빚어 만드는 프랑스 요리다. 리옹 지방의 커넬 드 브로셰(민물꼬치고기 커넬)가 유명하다.

76) 간 생선으로 모양을 빚어 삶은 달걀, 채소 등과 함께 요리하는 유대 음식. 유대교의 안식일이나 과월절 등에 주로 먹는다.

느낌이 진저리 나도록 싫었다. 끈적이고 미끈거리는. 고칠 수 있는 정도를 넘어버린 줄을 이용해 고기를 노걸이에 묶었다.

집에 다시 돌아왔을 때 뱃전에서 줄을 잘라낼 칼을 가져와야만 했다. 그러고는 생선을 운반할 그물을 찾으려고 다시 집으로 뛰어 올라갔다. 그물은 없었다. 그녀는 비닐봉지를 가지고 돌아왔다.

줄을 자르고 엄지를 생선의 아가미 속에 집어넣은 뒤 봉지 안으로 철퍼덕 던졌다. 그러다 뾰족한 지느러미에 손가락을 깊게 베었다.

이제 이걸 요리하고 다듬고 해야 되는군, 그녀는 생각했다. 생선. 금요일. 끔찍한 화이트소스[77]에다가 완숙 달걀 썬 것과 시금치를 곁들여서. 됐어. 유일하게 좋은 생선 요리는 캠핑 여행에서 아버지가 만들어주던 것뿐이지.

이건 결 반대쪽으로 다듬어야 하는 비늘인가? 껍질을 벗겨내고 포를 떠야 하나? 그만큼 날카로운 칼은 있나? 이것 참.

진짜 낚시꾼도 자랑스러워할 정도로 큰 고기였다. 루는 벌써 그것에 넌더리가 났다. 그것이 비닐봉지 안에서 자꾸 그녀에게 부딪쳤다. "먹기 좋죠"라던 호머의 말이 계속 귀에 맴돌았다.

---

77) 버터, 밀가루, 크림, 우유 등으로 만드는 소스.

그것을 부엌 조리대에 올렸다. 철퍼덕. 그것이 뱀장어처럼 꿈틀거리며 봉지를 벗어나 개수대에 떨어져서는 물을 원하는 듯 헐떡였다. 고기를 제 왕국에서 제거해버리다니, 무시무시한 짓을 했다는 생각이 들었다. 고기의 입은 갈고리 때문에 온통 찢어져 있었다. 그것이 루이 아가시[78]를 흥분시키려고 미시간 호수에서부터 수백 마일이나 길을 잘못 든 희귀한 가파이크[79]가 아니라고 어떻게 확신할 수 있단 말인가? 혹은 수은으로 가득하다면? 미나마타병에 걸려 술 취한 인디언으로 오해받아 체포될지도 몰랐다. 그것의 얼굴은 심술궂고 음울했다. 그것을 사랑할 수 없었다.

그녀는 침울하게 웃으며 그것을 사랑할 만한 자를 기억해냈다. 그것을 비닐봉지에 다시 넣어서 곰에게로 끌고 나갔다.

내일 호머는 뭐라도 잡았냐고 묻겠지. 호화롭게 볼로냐 샌드위치를 먹으면서 생각했다. 줄이 걸려버렸다고 해야겠다.

그녀는 램프를 켜고 위층으로 올라갔다. 어젯밤에는 서재를 어질러진 상태 그대로 내버려두었다. 그곳을 정리하고 스스로

78) 미국의 생물학자이자 지질학자(1807-1873).

79) 레피소스테우스목 레피소스테우스과 민물 어류를 총칭하며 길고 뾰족한 주둥이가 창을 의미하는 '파이크(민물꼬치고기)'와 비슷하지만, 민물꼬치고기와는 다른 목에 속한다.

할당한 책꽂이 책들의 색인 카드를 마저 다 만들고 나서 트릴로니를 제대로 읽기 위해 자리를 잡고 앉았다. 어젯밤 그의 성격이 드러나자 너무 흥분하고 말았고 그를 캐리와 혼동했다.

여전히 꽤 읽을 만했다. 그는 눈치가 빨랐다. 메리 셸리도, 다른 어떤 여자도 별로 달가워하지 않았다. 유용한 물품이군 여자들이란, 제 자리를 지킨다면 말이지, 그의 생각이 들리는 것 같았다. 장교들이 캐나다로 데려온 여자들을 떠올렸다. 바닷가로 떠밀려 온, 각오가 단단한, 현실적인, 인내하는, 유배당한 여자들을. 그렇지만 울며 죽어간 사람들만큼이나 우주에서 새로운 세계를 끄집어내는 일을 즐거워한 자들도 많았을 것이다.

그녀의 친구가 생선 냄새를 풍기며 계단을 올라왔다. 그가 수직으로 굽힌 혀를 그녀의 음부에 집어넣었다. 책에서 쪽지 한 장이 떨어졌다. 여자와 곰의 자식은 곰의 힘과 인간의 영민함을 가진 영웅이다—옛 핀란드 전설. 그녀는 기쁨에 찬 비명을 질렀다.

17

여름은 순식간에 찾아왔다. 토끼들은 계속해서 정원을 뜯어 먹었다. 협회장은 휴가를 거기서 보내도 좋다는 자애로운 허락을 내렸고 심지어 그녀를 보러 오겠다고 위협했다. 그녀는 그가 절대로 도시를 떠나지 않으리라는 것을 알고 있었다.

7월의 첫 번째 주말에는 모터보트, 관광객, 워터스키를 타러 온 사람들, 그리고 별장을 찾은 사람들이 도착했다. 창백하지만 원기 왕성한 여름 피서객 말이다. 밤에도 사람들이 강에 있는 것을 알았으므로 밤에는 블라인드를 내렸고, 달콤한 고요함이 사라진 낮에는 침범당한 기분이 들었다. 심지어 한 가족은 문 앞에 와서 그녀에게 집을 구경시켜줄 수 있느냐고 물어보기까지 했다. 그녀는 그 영광을 거절했다.

연인들은 그녀의 강변에서 모닥불을 피웠다. 워터스키를 타는 사람들이 그녀에게 손을 흔들었다. 그녀는 친근한 마음이 들지 않았다. 곰과 단둘이 있고 싶었다.

라플란드 사람들은 곰을 경외하여 '신의 개'라고 부른다. 노르웨이인은 "곰은 장정 열 명의 힘과 열두 명의 지성을 지녔다"라고 말한다. 그들은 곰이 농작물이나 가축을 파괴할 것을 두려워하여 절대 이름으로 부르지 않는다. 대신 '무에다-아이그야(라틴어로는 세넴 쿰 마스투르카)' 즉, 털옷을 입은 노인이라 칭한다.

그렇다고 일을 소홀히 하지는 않았다. 그녀는 일했다. 모두가 항상 그녀는 양심 빼면 남는 게 없다고 말했다. 일해야 했고 아직 할 일도 충분했다. 단지 자료의 목록을 작성하는 것 외에 집의 물품 목록을 만드는 일도 있었다. (각진 방 하나하나마다 그녀를 피로하게 만드는 종류의 셀 수 없이 많은 빅토리아 시대의 조그만 탁자들이 가득했다. 네 발에 윗부분이 좁고, 성서나 양치식물, 아마 부패 중인 새나 장례식 화환을 진열한 유리 덮개 같은 것밖에 둘 수 없을 높이와 크기의 탁자들 말이다. 그녀는 벌어진 탁자 다리에 진절머리가 났다.) 산정해야 할 것들이 많았고 운이 좋다면 수정해야 할 것들도 있을 것이다. 변호사의 물품 목록이 있긴 했지만 완전함과는 거리가 멀었기 때문이다.

어느 눈부신 아침, 그녀는 쾌활하게 일어나 지하실로 가는 문은 아예 열려는 시늉도 안 해봤다는 사실을 떠올렸다. 축축하고 거미줄이 많은 곳이 두려웠다. 아침을 먹고 신속하게 곰을 돌보고는(모터보트 네 대가 한가하게 강에서 낚시하고 있었기에 그들은 헤엄치러 갈 수 없었다) 손전등 두 개와 등유 램프로 무장하고 문을 지나 아래로 향했다.

지하 세계는 아니나 다를까 어둡고 거미줄이 가득했다. 그러나 다행스럽게도 기둥에 브래킷으로 고정되어 매달린 기름이 가득 찬 석유램프 네 개를 발견했다. 하나하나 차례로 등을 밝혔고 불이 타오르며 으스스한 지하실의 구조가 드러났다.

손전등 하나에 의지해 지하실을 구석구석 살펴보기 시작했다. 흥미롭게도 여덟 면 중 두 면의 토대가 안으로 더 깊숙이 파여 있었고 추측하건대 냉장실로 만들어졌음을 깨달았는데, 한쪽에 나무 선반들과 녹색 뚜껑 유리병에 담긴 저장 식품들, 완전히 말라비틀어진 사과 세 개가 있었기 때문이다. 다른 한쪽은 부패한 지 오래인 천공동물을 제외하곤 텅 비어 있었다.

깔끔하군, 캐리네 사람들. 이쪽에는 깔끔하게 돌돌 감긴 난로 전선이 쌓여 있고 배관이 줄 맞춰 정리되어 있었다. 다른 한쪽 구석에는 버들가지로 만든 여름용 의자를 보관할 수 있는 공간이 마련되어 있었다. 버려진 많은 양치식물용 탁자들. 회반죽에 녹인 금박을 입힌 액자 속 그림들(〈깨어나는 영혼〉[80] 〈퀘벡의 울프〉[81], 아 그러나 안타깝게도 그녀가 항상 원했던 〈데리의 포위〉[82]는 없었다). 그러니까 그들은 채색 판화 시대를 거를 만큼 세련된 부류는 아니었던 모양이군.

발가락 부분이 들리고 술이 달린 낡은 눈 신발. 고장 난 밴조.[83] (그들은 밤에 현관 계단에서 〈올드 블랙 조〉[84]를 불렀을까?)

그리고 다른 한쪽 벽면을 따라 놓인 트렁크들. 정확히 말하자면 트렁크의 역사다. 볼 것도 없이 새 그림이 그려진 안감이

---

80) 영국의 판화가 헨리 스콧 브리지워터(1864-1950)가 영국왕립미술원의 화가 제임스 산트(1820-1916)의 유화를 본떠 만든 석판화.

81) 1759년 프랑스군과의 퀘벡 전투에서 영국군을 승리로 이끈 장군 제임스 울프(1727-1759)를 가리킨다. 여기서는 화가 벤저민 웨스트(1738-1820)의 1770년 작 유화 〈울프 장군의 죽음〉을 바탕으로 만든 판화를 뜻한다.

82) 1688년 명예혁명으로 왕위에서 쫓겨난 제임스 2세가 윌리엄 3세를 지지하는 아일랜드의 도시 런던데리를 105일간 포위하고 물자의 수송을 막아 주민의 4분의 1이 굶어 죽은 사건.

83) 앞판의 둥근 틀에 가죽을 씌우고 몸통에 줄을 걸어 연주하는 악기. 17세기 서아프리카 노예들에 의해 북미에 전해졌다.

84) 미국의 작곡가 스티븐 포스터(1826-1864)가 쓴 노래. 어린 시절의 흑인 사환을 그리워하는 내용이다.

대어져 있을, 윗부분에 큰 고리가 달려 있고 무늬가 찍힌 주석 걸쇠가 있는 트렁크, 커다랗고 과시적인 버들가지 햄퍼,[85] 1차 세계대전 시기의 나무로 잡아맨 풋라커,[86] 세기가 바뀌던 무렵의, 신부新婦 수백 명도 들어갈 만한 트렁크 옷장.[87] 트렁크, 또 트렁크. 일. 보물.

그녀는 미소를 짓고는 보트를 몰고 호머네로 가서 심과 호머에게 손을 좀 빌려줄 수 있느냐고 물었다.

"지하실에서 뭘 좀 꺼내 오고 싶어서요." 그녀가 두리뭉실하게 말했다. 안경 뒤에서 호머의 눈이 반짝였다. 그가 가게 뒤편의 집으로 들어가 아내에게 뭐라고 말했다. 줄줄이 늘어선 통조림 뒤로 심통이 난 그녀의 목소리가 높아졌다.

"망할 놈의 캐리라 그러면 정신을 못 차리지" 하는 말이 들렸다. "9시까지 열었는데 도대체 언제까지 열어야 할지 누가 안담. 뭔가 요상한 일이 일어나고 있다고 내 장담한다."

루는 얼굴을 붉혔고 도망치고 싶은 기분이 되었다. 내가 호머를 어떻게 해보려고 한다 여긴다고 그녀는 생각했다.

---

85) 주로 뚜껑이 있는 바구니를 의미한다. 빨랫감이나 음식 등의 물품을 담는다.

86) 주로 침대의 발치에 두는 수납 상자를 가리킨다.

87) 서랍과 옷걸이 등 옷장으로 쓸 수 있는 구조로 지어진 키가 큰 트렁크.

"당신의 아내도 같이 와도 되는데요." 그녀가 호머에게 말했다.

"하는 짓을 보니 얻어터지고 싶은 모양이에요." 호머가 쾌활한 미소를 잃지 않으며 말했다. "내가 그 섬에 가는 걸 좋아하지 않아요. 항상 그랬죠. 귀신이 들렸다거나 뭐 그렇게 생각한다니까, 나쁜 영향을 끼친다고 말이에요. 보세요, 원한다면 내가 직접 갈 수 있어요, 우리 둘이서도 할 수 있는 일이라면 말이에요. 심은 주유기 보러 여기 남아야 해요. 뱁스는 꽤 괜찮은 여자지만 어찌 된 일인지 주유기를 도무지 이해하지 못한다니까요."

"아이가 몇이나 되죠, 호머?"

"아홉이에요, 아내가 입양한 두 명까지 합쳐서."

"맙소사, 정말 많네요."

"당신 같아도 일 좀 하는 게 두려워서 애를 집도 없이 버려두진 않겠죠."

"나 같으면 그럴 거예요. 그녀는 안 그러겠죠. 저기, 이건 안 바쁠 때 해도 돼요."

"월요일 밤이면 크게 나쁘지 않아요. 주말에는 도와줄 수가 없을 거예요. 지금은 성수기고 이제 캠핑장을 열었거든요—다들 아무것도 모른단 말이죠. 심지어 콜먼 가스레인지[88]도 못

켜는 경우가 태반이에요. 가스통에 바비큐용 라이터 기름을 채우지 않는지 잘 지켜봐야만 해요. 또 정화조로 내려가는 플러셔바이[89] 문제도 있죠. 정화조는 꼭 있어야 해. 아이들을 못 데려오면 캠핑하러 갈 이유가 뭐가 있겠어요. 몇몇 여자들은 내내 세탁소에서 시간을 보낸다니까요—정박지에는 수리해야 할 선체들도 있고. 어휴, 어떤 사람들은 여기까지 올라와서는 종일 트레일러에 앉아서 맥주나 마셔요. 낚시꾼 과부들이죠. 중요한 건 새 규정이 생기고부터는 더 이상 하루에 2달러 50 가지고는 그렇게 못한다는 겁니다. 어쨌거나 나는 기꺼이 잠깐이라도 벗어나겠어요. 아내는 차차 가라앉을 거예요."

그녀는 생각이 둘로 나뉜 채 보트를 몰고 돌아왔다. 한 남자를 그의 아내에게서 뺏는 기분이 들었다. 마치 그에게 무슨 휴가라도 제공하는 것마냥. 그의 아내가 아이들을 입양한 것이나 주유기 보기를 거부한 것은 기뻤지만 언쟁 조의 높은 목소리에는 화가 났다. 어부 아내들 때문에 우리 모두가 싸잡혀 욕먹는 거야, 그녀는 생각했다.

어부 아내. 낚시꾼 과부. 그리고 우리는 다들 인어가 되려고

---

88) 휴대용 가스레인지 브랜드명.

89) 일회용 안감을 떼어내 버릴 수 있도록 만들어진 1960년대의 기저귀 상표명이며 물로 내릴 수 있다는 의미다.

했었지.

곰은 한때 영국제도에 흔했다. 로마인들이 수입한 칼레도니아의 곰은 고문 수단으로 쓰였다. 웨일스에서 곰은 사냥감으로 쓰였다.

호머가 위스키 한 병을 가져왔다. 그들은 술 한잔을 마시고 아래층으로 내려가 램프에 불을 밝혔다. 그는 그 노인[90]이 희미한 손전등을 들고 있는 동안 정원 의자를 가지러 온 적 이외에는 단 한 번도 '갑판 아래' 내려온 일이 없다고 했다. 그가 매혹된 듯 구석구석을 살폈다. 그는 그녀가 미처 보지 못한 오래된 램프 한 더미를 발견했는데 거기에는 석유램프와 화려한 촛불 갓들, 심지어 그가 매우 탐낸 학생용 놋쇠 램프도 하나 있었다. 그 램프는 법적으로는 협회의 것이었지만 그에게 주었다. 안 될 게 뭐람? 그녀는 생각했다. 내게 정말 잘해주잖아.

그들은 트렁크를 하나씩 계단 위로 끌고 올라갔다. 몇 개는 부엌에, 몇 개는 침실과 식사 공간에 놓았고 완전히 녹초가 되어 탁자에 앉았다.

"자, 안 열어볼 거예요?" 그가 물었다.

90) 커널 조슬린 캐리.

“열어봐야겠죠.” 막상 보고寶庫에 둘러싸이자 떨리지 않는 것이 이상했다.

“먼저 먼지를 털어야죠.” 그가 말했다.

“털어야겠죠.”

“당신은 그런 여자는 아니로군, 안 그래요?”

“어떤 여자요?”

“일단은 치우고 보는.”

“무슨, 전혀요, 호머.”

“열기 전에 닦는 게 좋을 거예요. 흐르는 물이 없으면 먼지를 바로바로 처리하는 게 좋아요. 온 집 안을 호스로 씻을 수는 없는 노릇이니까 말이에요.”

“뭐 먼저 열까요?”

“내가 여기 있길 원해요?”

“가라고 한다면 갈 건가요, 호머?”

“아니죠.”

“제일 오래된 것, 아니면 제일 새것?”

“저기 1차 대전 풋라커. 항상 제복에 관심이 있었어요.”

그녀는 걸레를 찾아 트렁크를 닦았다. 그의 말을 지나치게 잘 듣는 것처럼 보일까 봐 특별히 꼼꼼히 닦지는 않았다. 트렁크를 열었다. 안에는 껄껄한 녹갈색 군용 모포 두 개가 있었다.

"다 당첨될 수는 없는 법." 호머가 말했다. "좋은 거나 한 모금 더 하시죠."

몇 개는 텅 비어 있었고 몇 개는 가득 차 있었다. 하나에는 비어 있는 젬(GEM) 유리병[91]들이, 하나에는 1920년대와 1930년대의 아름다운 옷들이 들어 있었다. 구슬 장식이 달린 친즈,[92] 황홀하게 짙은 벨벳, 은빛 염소 가죽이 덧대진 묘한 복숭아 색깔의 연회용 벨베틴[93] 코트 같은 것들이었다. 그녀는 물건들을 침실로 가져가서 기울기를 조절할 수 있는 커다란 전신 거울 앞에서 입어보았다. 호머가 문간에서 서성거렸다.

"당신의 탄 피부와 잘 안 어울려요." 그가 말했다.

"이 끈들을 다 어떻게 해야 할지 모르겠어요."

"사람들이 자기 가슴은 자기가 알아서 달고 다녔다고 어머니가 말하곤 했죠."

"말도 안 돼요. 가슴을 짜매서 없는 척하려고 했죠. 농장 처녀들한테는 소용이 없었지만."

가슴은 호머의 주제가 아니었다. 그가 정박지 일에 관해 이

---

91) 1930년대 캐나다에서 유행한 저장 식품용 유리병의 상표명.

92) 광택을 낸 면직물.

93) 벨벳과 유사하나 실크 대신 면으로 만들어 더 거칠고 뻣뻣하고 광택이 덜한 직물.

야기하기 시작했다. 그에 대해 그녀가 평생 알 가치가 있을 양보다 훨씬 많이 이야기했다.

"이 오래된 옷들은 누구 거죠, 당신 생각엔?"

"아, 아마 전 대령[94] 거 일 거예요. 그녀는 어디 다른 지역에서 학교에 다녔는데 영국이었나, 아니면 몬트리올이었나, 그리고 오랜 시간 떠나 있었어요. 어디서 한번 들은 것 같은데 내가 정확히 기억하는지는 잘 모르겠지만 폭락[95] 전 좋은 옛 시절에 그녀가 어떤 백만장자의 딸을 데리고 유럽의 파티를 돌았다고 말이에요. 그 시절은 아가씨들이 막 돌아다니도록 내버려두지 않던 때예요. 대령은 아는 사람이 많았을 테니 그 아가씨를 데리고 온 데를 다 다니면서 그녀를 돌봐준 거죠. 거기서 그들이 어떻게 살았는지 무슨 이야기를 해주곤 했었어요. 파리에서 런던이나 옥스퍼드에 있는 파티에 가려고 비행기를 부르곤 했다나, 위가 뚫린 4인용 작은 비행기요. 각자 양가죽 재킷과 가죽 헬멧도 제작했다고 그녀가 말해줬죠."

"와."

"아, 당신과 나 같은 사람은 집사가 있으면 뭘 어떻게 하겠어요, 어? 팁 주며 '이봐' 하고 부른다? 내가 안내 일을 할 때

---

94) 커널 조슬린 캐리.

95) 1929년 월스트리트 대폭락.

괜찮은 양키 노인 신사가 있었어요, 인심이 정말 후했는데 가끔 나에게 '얘야' 하고 부르는 겁니다. 호머라고 부르지 않으면 때려치운다고 했죠. 아니면 캠피나, 그 시절에는 사람들이 가끔 나를 캠피라고도 불렀어요. 알아듣더라고요."

"다른 방으로 오세요, 나머지 트렁크들도 열어보죠."

"술을 마실 때는 말이에요, 램프 조심해야 해요."

"내가 손전등을 가져갈 테니 당신이 브래킷 등에 불을 붙여 주세요."

"옳지."

그녀는 응접실을 좋아하지 않았다. 팔각형 집의 약점인, 쓸모 없고 각도가 이상한 모서리로 가득했다. 네모난 가구들이 어색하고 불균형하게 놓여 있었다. 응접실에 들어갈 때마다 일반적인 사각형 구조를 되새겼고 계속 신경에 거슬렸다. 어쨌거나 흔들리는 불빛 아래서 말총 소파에 기대어 반쯤 쭈그리고 앉아 트렁크 하나를 열었다.

그녀가 숨겨진 비밀 위로 몸을 숙이는데 호머가 뒤에서 그녀를 살짝 꼬집었다.

"하지 마세요." 그녀가 말했다.

"다른 사람이 있어요?"

심장이 툭 떨어졌다. "당신은 있잖아요." 그녀가 말했다.

"아, 이것 보세요, 뱁스와 나는…… 24년째예요. 남자가 그런 것도 못……."

"남자가 할 수 있으면 그녀도 그럴 수 있겠죠."

"내가 죽여버릴 텐데요."

"그러니까 그 손 치우세요."

그가 앞에 부루퉁하게 서서 그녀를 노려보았다.

"당신이 불렀잖아요."

"트렁크 옮기는 걸 도와달라고요. 그리고 당신이 트렁크 옮기는 걸 도와줬죠. 즐겁게 마셨지만, 술 가지고 오라고 부탁한 적 없어요. 이 트렁크 안에 뭐가 있는지 보죠."

그가 그녀의 팔을 잡았다.

"이봐요……."

"닥쳐요, 호머." 그녀가 일어나 그를 마주 보았다. 그들은 같은 키였다. 그녀는 더 젊었고 그는 힘이 더 셌다. 그녀는 그가 마음에 들었지만 그가 하고 있는 짓은 좋지 않았다. 약점을 이용하는 일이라고 생각했다. 별안간 그녀는 지위를, 계급을 들먹이며 그가 있어야 할 자리를 알려주고 싶어졌다. 머리로는 그들이 평등하다는 것을 알았지만 평등하게 느껴지지는 않았고 그녀의 머릿속에서 자신은 무도회에 가는 화려하고 위엄 있는 귀부인이고 그는 자신의 비밀을 아는 하인이었다.

그러고 보니 그녀는 아직도 무도회 복장을 하고 있었다. 그녀가 아래를 보았다. 골이 드러나고 가슴은 반쯤 튀어나왔다.

"맙소사, 미안해요." 그녀가 말했다.

호머가 머리를 저었다. "그것 때문이 아니었어요. 그냥 당신이 좋은 거예요. 당신이 좋다고요. 난 여자를 좋아하면 그 사람이 무엇을 입든 상관없이 좋아해요. 당신이 청바지에 체크무늬 셔츠를 입고 있어도 하나도 상관없다 이 말이에요. 그래, 나 술 많이 마셨어요. 남자는 가끔 하룻밤씩 쉬어줘야지. 그게 뭐 어때요. 당신도 술 좋아하잖아요, 안 그래요? 한 번도 술을 거절하지도 권하지도 않았지. 당신은 속물이에요. 그럴 줄은 몰랐는데. 알았어야 했어."

그녀는 그를 잡으려고 했다.

"호머……."

그가 머리에 모자를 거칠게 눌러썼다.

"이제부터는 무슨 일이 필요하거든 당신 협회를 통해서 맡겨요, 당신의 그 좆같은 협회."

그녀는 어떻게 해야 할지 몰라 멍하니 서 있다가 그를 살짝 건드렸다.

"앉아요."

"아니, 갈 거예요."

"친숙한 부엌으로 가요, 더 이상 잘난 귀부인 같지 않게 헐렁한 옷을 입을게요. 아직 다 마시지도 않았잖아요."

"집에 가야 해요. 뱁스가 화낼 거예요."

"와서 앉아요…… 이봐."

머리가 핑핑 돌고 골이 울리며 그녀는 서서히 깨달았다.

"나도 당신이 마음에 들어요." 그녀가 부엌에서 말했다. "하지만 뱁스가 있잖아요. 그리고 내가 당신에게 섹스로 값을 치른다면 내가 어떤 사람이 되겠어요?"

"당신은 머리가 좋군. 그 생각은 하지 못했어요. 뱁스에 관한 부분은—그건 내가 알아서 할 일이에요. 우리 사이의 일이라고요, 알겠어요? 모든 남자와 아내는 어떤 합의가 있고 그건 다른 사람이 건드려서는 안 되는 거예요. 나를 속여봤자 뱁스에게 좋은 일 하는 것은 아니라는 겁니다. 달가워하지 않을 것은 매한가지예요. 내가 트렁크를 위층으로 끌고 오든 당신과 배를 맞추든 상관하지 않아요, 다를 바 없단 말입니다. 어찌 되었든 나는 거기 없는 거요. 여자니까 내가 자기 손안에 있어주길 바라지. 하지만 남자는 가끔은 떠나야 하고 뱁스는 무슨 일이 있어도 주유기를 보지 않아요."

그녀는 생각했다. 다시는 책상 위에 드러눕지 않으리라, 다시는, 절대로…….

"하지만" 그가 말을 이었다. "나도 당신이 마음에 들어요. 당신은 여기에 혼자 살고. 술 마시는 것도 좋아하고, 그래서 그렇게 생각했지, 아마 하는 것도 좋아할 것이다, 그리고 그게 뭐가 잘못됐어요? 어찌 되었든 당신은 신세대 여성이잖아요."

그를 침대로 데려가 새벽녘에 갈대와 물총새들 사이로 그를 배웅할 수도 있다고 그녀는 생각했다. 나는 그가 마음에 든다. 그는 단단하고 강인하고 그것도 잘할 것이다. 나는 그를 안을 수 있을 것이다. 어쩌면 그도 나를 안아줄 것이다. 그건 인간적일 것이다. 누가 알겠는가, 시골 남자들만 아는 듣도 보도 못한 그런 것이 있을런지. 그러나 자신의 성미에 맞지 않는 일이었다.

"들어보세요. 부엌으로 가는 길목에 있는 트렁크를 옮기는 것만 좀 도와주세요. 어쨌거나 나는 마법에 걸려 있으니까요. 그리고 호머, 나도 당신에게 스카치를 준 적이 한 번 있어요." 그녀가 말했다.

생리 때문에 신경질적이라고, 용서받지 못할 무슨 말을 할까봐 두려웠으나 그는 그러지 않았다. 그가 그녀를 도와주었다.

"우리는 아직 친구인가요?" 그녀가 물었다.

"그럭저럭." 그가 열없이 말했다.

이 일에 대해 말해줄 사람이 아무도 없음을 둘 다 아는 덕분에 그들의 기분이 나아졌다.

18

"곰, 너를 사랑해. 내 머리를 뜯어내버려." 그녀가 외쳤다. 곰은 그러지 않았지만, 생리의 열기가 그를 더 부지런하게 만들었다. 반쯤 그가 두려웠지만 그녀는 술에 취했고 위험을 거부할 힘이 없었다. 손안에서 미끄러지는 두꺼운 털을 붙잡고 헐거운 가죽을 손에 쥐려고 했으나 깊숙이 들어가도 더욱더 깊은 곳을 만날 뿐이었고 그녀의 짧은 손톱이 미끄러졌다.

그가 핥는 동안 그녀는 털로 뒤덮인 커다란 비대칭 고환을 손으로 감싸 주머니 안에서 부드럽게 미끄러뜨리며 가지고 놀았다. 그의 좆은 연골로 된 긴 포피에서 나오지 않았다. 신경 쓸 것 없어, 그녀는 생각했다. 나는 아무것도 요구하지 않아. 나는 아무에게도 해줘야 할 것이 없어. 너를 흥분시키지 못해도 상관없어, 나는 그저 너를 사랑할 뿐이야.

날은 푸르고 꽃이 피어 화사함이 절정에 달했다. 강이 텅 빌 때면 곰과 서로 물을 뿌리고 첨벙대며 헤엄쳤다. 정원에서 쓴 맛 나는 양상추를 거둬들였다. 지붕의 등을 통해 쏟아져 들어오는, 눈이 멀 것 같은 햇빛을 막으려 가림막을 치고 서재에서 일했다. 트렁크의 내용물을 몇 번이나 살펴본 끝에 푸른 캘리코[96] 안감을 찢고 캐리 대령의 제49보병대 임명장, 포르투갈에 있을 때 받은 표창장들, 섬의 소유권을 신청하는 편지의 초안, 그리고 검은 부츠를 신은 남자가 처녀의 드레스 속으로 사라지는 로랜슨[97]의 만화를 발견했다. 이것을 그녀는 대령의 초상화 밑에 압정으로 꽂아놓았다. 덕분에 그가 인간적으로 보였다.

그녀는 남자들의 에로티시즘이 아니라 그들이 여자에게는 에로티시즘이 하나도 없을 거라고 지레짐작하는 것이 싫었다. 그로 인해 여자들은 하녀밖에 될 수 없었다.

그의 소중한 서류들을 펼치고 필사했다. 광이 날 때까지 집

---

96) 탈색하지 않은 무명으로 만든, 모슬린보다는 거칠지만 캔버스나 데님보다는 부드럽고 얇은 면직물.

97) 토마스 로랜슨(1757-1827)은 영국의 판화가이자 사회 풍자적 캐리커처로 널리 알려졌다.

을 치웠다. 협회장을 위해서가 아니라 그녀와 그녀의 연인에게 평화와 품위가 필요했으므로.

곰, 나를 너와 함께 바다의 밑바닥까지 데리고 가다오, 곰, 나와 함께 헤엄쳐다오, 곰, 너의 팔을 내게 둘러다오, 나를 감싸 안고, 아래로, 아래로, 아래로 나와 함께 헤엄쳐다오.

곰, 마침내 내가 이 세상에서 편안해지도록 해다오. 나에게 너의 가죽을 다오.

곰, 나는 너에게 오직 이것만을 바란다. 아, 곰, 너에게 감사한다. 너를 낯선 자와 훔쳐보는 눈들로부터 영원히 지켜주겠다.

곰, 겸양 따위 그만둬. 너는 겸손한 짐승이 아니다. 너는 오롯이 자신만의 생각을 한다. 그것을 내게 알려다오.

곰, 네가 나를 사랑하도록 명령할 수는 없지만 내 생각에는 너도 나를 사랑한다. 내가 바라는 것은 네가 계속 존재하는 것, 그리고 나에게 의미가 되는 것. 그것뿐이다. 곰.

가끔 늦은 밤 그녀의 트랜지스터라디오에 아주 먼 곳의 전파가 잡히곤 했다. 알아들을 수 없는 극지방의 언어, 뉴올리언스의 느린 말투. 어느 밤 그녀가 위층 창가에서 부드러운 비누 냄새가 나는 여름 바람을 맞으며 일하는데 그리스 음악이 방을 가득 채웠다. 곰은 불씨가 꺼진 벽난로 가에서 졸고 있었다. 자정이 한참 지난 후였다. 부즈키[98]가 흐느끼고 바람이 그녀의 서류들을 휙휙 넘겼다.

"곰, 이리 와서 나와 춤을 춰." 불현듯 그녀가 말했다. 그녀는 일어서 작은 크레탄 조각상처럼 팔을 들어 올리고 그리스식 스텝을 밟으며 움직였다.

곰이 몸을 느리게 일으켜 세웠다. 그녀는 뒷발로 오래 서는 게 그를 고통스럽거나 혼란스럽게 하는 듯한, 그 자세에서 근육이 말을 잘 듣지 않는 것 같은 인상을 받았다. 그는 그녀 맞은편에 불안정하게 서서, 그녀가 발과 팔을 음악의 박자에 맞춰 움직이자 저도 천천히 상하로 까딱이며 발을 이리저리 끌었다.

그를 지켜보았다. 그는 경이로웠다. 기이하고 두툼한 중배엽 인체 모형, 터무니없이 무겁고 종아리와 어깨가 커다란 그

98) 그리스의 목이 긴 현악기.

가 난생처음 똑바로 서서 춤추려 했다. 아기다! 경이롭게 반쯤 균형을 잡고 반쯤 확신 없는 미소를 짓는, 상반신이 더 무거운 …….

딸깍, 음악이 멈췄다. 지직. "에피스……." 너는 가버렸다. 아니, 나는 떠나지 않을 것이다, 그녀는 그를 향해 생각했다. 나는 절대로 떠나지 않을 것이다. 너와 함께 겨울을 나기 위해서라면 괴상한 털옷이라도 만들어 입겠다. 나는 절대로, 절대로 너를 떠나지 않을 것이다.

그는 그녀의 맞은편에서 춤췄다. 몸의 무게를 한 다리에서 다른 다리로 옮기며 거대한 발을 좌우로 섬세하게 흔들고 팔은 공중에서 앞뒤로 느리게 휘저으며 조금씩 움직였다. 그녀는 그에게 다가갔다. "에—피—스—." 토론토에 있는 그리스 클럽들에서는 앵글로색슨인마저 단어 몇 개를 알게 될 때까지 이걸 틀어댔다. 상실과 외로움의 울부짖음이었다. 거기에 반응하지 않을 사람은 없었다.

어느 채널인지는 몰라도 더 원초적인 음반으로 곡이 바뀌며 그녀를 상념에서 구해주었다. 더 높은 음역에 더 불협화음이고 박자가 불확실한 음악이었다. 곰이 지시를 바라는 듯 그녀를 보며 흔들거렸다. 그녀는 다가가서 손으로 앞발을 잡은 후 자기 손가락을 그의 뜨개질바늘 다발 사이사이에 끼우고 그에게 기대 음악에 맞춰 몸을 움직였다.

바로 선 자세로 그를 껴안은 적은 한 번도 없었다. 뜨겁고 이상했다. 그에게 기대 움직였다. 머리를 그의 어깨에 기댔다. 그는 꼼짝 않고 가만히 서 있었다. 그는 어찌할 줄을 몰랐다. 그녀는 자신이 몸만 큰 어린아이에 불과했을 때 학교 체육관에서 남자의 몸에 처음으로 안겼던, 상기되고 혼란스럽고 죄책감을 느꼈던 자기 모습을 떠올렸다.

그는 포옹에 화답하지 않았다. 그녀가 최대한 몸을 가까이 붙이고 움직이는 동안 매우 가만히 서 있었다. 그러더니 그가 하품했다. 얼굴 근처에서 거대한 턱이 아래로 내려가는 것이 느껴졌다. 눈가에서 번쩍이는 이빨이 보였고 개중 두 개는 없었다. 그녀는 그에게서 떨어졌다. 심장을 수축시켰다 팽창시켰다 하는 강한 리듬의 문지르는 듯한 기괴한 피치카토로 음악이 바뀌어 있었다.

곰이 네 발로 바닥을 디뎠다. 남자들이 바이올린 소리에 맞춰 묘하고 낮은 후두음을 냈다. 곰은 누워서 반半짐승의 소리에 귀를 세웠다. 그가 쉬도록 내버려두었다가 잠시 후 그의 옆에 누웠다. 그는 그녀를 흥분시켰다. 그녀는 옷을 벗었다. 그가 부지런히 핥기 시작했다. 겨드랑이와 가슴 사이의 땀 냄새 밴 골을 핥았다.

“바이런의 곰은 춤을 췄지만 그는 전혀 관심을 주지 않았어. 그 멋쟁이가 너를 알았더라면 수녀들 사이에서 제 똥을 가지고 노는 마지막을 맞이했을까?” 그녀가 속삭였다.

가끔은 곰의 효율적인 혀가 피부를 반쯤 찢을 뻔하기도 하고 이따금 그의 집중이 흐트러지기도 했다. 그를 어르고 설득해야 했다. 몸에 꿀을 바르고 그에게 속삭였지만, 꿀이 바닥나자 그는 방귀를 뀌고 너무 일찍 만족해 다른 데로 가버렸다.

“나를 먹어줘, 곰.” 그녀가 사정했지만 그는 지친 듯 그녀 쪽으로 고개를 돌리고는 잠들었다. 셔츠를 입고 다시 작업으로 돌아갈 수밖에 없었다.

《존 밀턴 시선집The Poetical Works of John Milton》 제1권이라는 제목이 양각으로 새겨진, 1856년 하트포드에서 출판된 책을 집어 들었다. 삽화나 종이는 평범했지만, 활자가 큼직했다. 문득 학교에서 《실낙원》을 그렇게 큰 활자로 읽었더라면 좋았겠다는 생각이 들었다. 그것은 왠지 진솔하게 보였다.

책에서 신의, 혹은 캐리 대령의, 또 하나의 전언이 떨어졌다. 옛날 옛적에 일본의 아이누족 마을에서 한 새끼 곰이 제 어미에게서 강제로 떨어져 여인의 젖을 먹으며 자랐다. 마을의 일원이 된 곰에게 사랑과 친절이 베풀어졌다. 세 살이 되던 해의 동지에 곰은 마을 한가운데로 끌려가 기둥에 묶여 많은 의식과 사과가 행해진 후 뾰족한 대나무 막대기로 교살

당했다. 의식들이 다시 한번 거행되는 동안 대리모는 슬피 울었고 그것의 살을 먹혔다.

"절대로 안 돼." 그녀가 외쳤다.

밖으로 나가 까만 밤의 강에서 알몸으로 헤엄쳤다. 등을 대고 누워서 마법의 하늘에 신비로운 녹색으로 어른거리는 오로라를 지켜보았다.

피부에 닿는 밤은 무덥고 아주 부드러웠다. 곤충들은 거의 사라진 것 같았다. 그녀는 풀밭에서 잠들었고 그린티와 그리디[99]가 교유기[100]를 타고 그녀를 향해 언덕을 굴러 내려오는 꿈을 꾸었다.

"그녀를 잡아먹자. 그녀의 가슴을 뜯어 먹자." 그린티가 말했다.

"두고 봐. 두고 보라고. 그녀가 우리를 먼저 잡아먹을 거야. 도망치자." 그리디가 말했다.

그녀는 뻣뻣이 굳고 추운 상태로 죄책감을 느끼며 깼다. 더듬더듬 위층으로 올라가서 램프들을 불어 껐다. 곰은 사라지고 없었다. 그래야 할 때가 오면 알아서 자신을 돌볼 줄 아는 그가 인간적이고 달콤하고 사려 깊게 여겨졌다. 침대로 갔을

99) 욕심 많은 자. 그린티는 그리디와 운율을 맞춘 말장난이다.

100) 크림을 휘저어 유청과 고체 입자를 분리하여 버터를 만드는 기구.

때 그녀는 그가 자신이 있어야 할 곳에 있는 것을 발견했다.

그와 함께 자기에는 너무 더웠다.

19

이제 그녀는 자신이 그를 사랑한다는 것을 알았다. 그 사랑이 어찌나 굉장하던지 남은 세상은 의미 없는 매듭으로 뭉쳐져버렸는데, 오로지 풍경만이 그들 밖에 중립적으로 존재하며 제 나름대로 여름의 절정을 즐기고 있었다. 이제는 근처에 모터보트가 없을 때 곰과 함께 수영했고 몇 시간이고 첨벙거리고 헤엄치며 그에게 예쁜 돌을 건져 주었는데 그는 그것을 심각하게 받아 들고 근시인 눈 앞에 가져다 댔다. 강기슭에서 그가 그녀에게 솔방울을 던졌다. 그녀는 보트 창고에서 공을 하나 찾았다. 그들은 풀밭에 다리를 펼치고 앉아 서로에게 공을 굴려 주고받았다. 던지려고도 해보았지만, 그가 공을 못 잡을까 봐 두려워하는 것 같아서 그들은 몇 시간이 지나도록 엄숙하게 공을 굴렸다. 다시 수영했다. 물개 놀이도 했다. 그가 그녀 아래로 헤엄쳐 들어가 그녀의 가슴에 공기 방울을 불었다. 그녀는 그것들을 잡기 위해 다리를 펼쳤다.

이제 그녀는 그를 사랑한다는 것을, 지금껏 느껴보지 못한 순수한 정열로 사랑한다는 것을 알았다. 언젠가 잠깐 우아하고 매력적인 남자를 애인으로 둔 적이 있었지만, 그가 사랑한다고 말했을 때 그녀는 불편했고 그 말이 이해할 수 없는 어떤 것을 뜻한다고 느꼈다. 아니나 다를까 나중에서야 알게 된 바 그 말은 곧, 양말이 잘 개져 있고 그가 원하는 때 그가 원하는 것을 하는 한, 음식은 완벽하고 생리는 하지 않는 한, 와인을 마셔도 혀가 풀리지 않고 올리브 오일을 먹어도 배에 주름 하나 가지 않는 한 그녀를 사랑한다는 뜻이었다. 그가 더 작고 정리 정돈을 더 잘하고 더 생기 넘치고 그의 요구에 더욱 순종적인 누군가를 만나 떠났을 때, 그녀는 그들의 창에 돌을 던지고 분필로 건물 벽에 음담패설을 적고 그 어린 여자의 깔끔한 음부를 상상하는 데 집착하고(그는 루가 낙태하도록 했다) 그녀의 이름을 곱씹고(비록 몇 년이 지나서야 실제로 그 여자를 봤고 그녀가 아주, 굉장히 평범하다는 사실을 알게 되었지만) 제 경쟁자의 이름을 애너그램[101]으로 팔에 새기고, 그러니까 요약하자면 타고나기를 옹졸하고 저밖에 모르는 남자를 잃은 깊고 격정적인 분노로 자신마저 놀라게 했다.

그녀는 협회장을 사랑했다. 일주일 동안은. 어쩌면 그보다는 조금 더 길었을지도. 물론 그녀는 성적인 관계가 필요했었다. 《리시스트라타Lysistrata》[102]에 나온 가능성을 시험해보며 그녀가 알게 된 것은 오이는 차갑다는 사실이다. 여자들과의 시간은 오히려 남자를 고프게 했다. 협회장은 그녀와 같은 관심사를 나누었고 매력적이고 효율적이었다. 그러니까 몰즈워스 지도와 손으로 쓰인 가계도들 위에서 섹스할 때 그들에겐 비슷한 점이 많았다. 하지만 사랑은 없었다.

그녀는 곰을 사랑했다. 그가 현명하고 포용력이 있다고 느꼈다. 때때로 그를 신처럼 여겼다. 그는 그녀를 섬겼다. 그녀가 아침에 그의 곁에서 대변을 보기만 하면 자신이 다리를 벌릴 때 곰은 언제든지 준비되어 있었다. 거칠고 부드럽고 성실하고 참을성 있고 무한히—그녀에게는 그렇게 느껴졌다—다정했다.

그녀는 곰을 사랑했다. 그에게는 자신이 닿을 수 없는, 찾아낼 수 없는, 지성의 손가락이 파괴할 수 없는 심연이 있었다.

---

101) 문자의 순서를 재배열하여 다른 뜻의 단어로 바꾸는 것.

102) 아리스토파네스의 고대 그리스 희극. 리시스트라타는 펠로폰네소스전쟁을 끝내기 위한 방안으로 모든 여자에게 섹스하지 말 것을 제안했다.

그의 배 위에 누우면 그는 발톱으로 그녀를 부드럽게 두드렸다. 그의 혀에 자신의 혀를 갖다 대어 두툼함을 느꼈다. 그의 잇몸과 거의 엄니나 다름없는 이빨들을 살펴보았다. 손가락으로 그의 검은 입술을 뒤집고 자신의 혀로 잇몸의 능선을 따라 쓸었다.

한 번, 단 한 번 시험 삼아 그를 '트릴로니'라고 불렀는데 그는 그 이름에 반응이 없었고 그녀는 잘못 판단했음을 깨달았다. 그는 기생적인 회고록 수집가도 해적도 아니요, 살아 숨쉬는, 시간보다도 더 광대하고 오래되고 현명한, 이 순간에는 그녀의 것이었으나 다른 순간에는 저만의 세계로, 저만의 지혜로 돌아갈 수 있는 생명체였기 때문이다.

그녀는 여전히 일했다. 위층에서. 천천히. 캐리의 쪽지가 알려준 바에 따르면, 뉴펀들랜드섬[103] 어부들은, 숲에서 곰의 좆 뼈를 모아 오두막의 벽에 박아서 코트 걸이로 쓴다. 그의 좆은 두껍고 포피에 파묻혀 보호되어 있었다. 무릎을 꿇고 그것을 가지고 장난쳤지만 서지 않았다. 아, 아무렴 어때, 그녀는 생각했다. 여름은 아직 끝나지 않았으니까.

그때 굉장히 가치 있는 뷰익[104]의 《자연사Natural History》 초

---

103) 캐나다 극동 쪽 뉴펀들랜드 래브라도주를 이루는 큰 섬.

기 판본을 발견했고 자신의 존재에 정당성을 느꼈다.

그들은 달콤하게, 격정적으로 함께 살았다. 그녀는 피부, 머리카락, 치아, 그리고 손톱에서 곰 냄새가 나는 것을 알았고 이 냄새는 그녀에게 매우 달콤했다.

"곰, 나는 인간 여자에 불과해. 네 따각거리는 발톱으로 나의 얇은 피부를 찢어줘. 나는 연약해. 네게는 간단한 일이야. 그루터기 아래의 벌레에게 하듯 내 심장을 파내줘. 내 머리를 찢어 떼어내, 나의 곰." 그녀는 그를 유혹하며 말하곤 했다.

그러나 그는 그녀에게 잘해주었다. 그는 낮은 소리를 내며 맞은편에 앉아서 미소를 지었다. 한번은 부드러운 손바닥을, 거의 사랑을 담아서 그녀의 벗은 어깨에 내려놓았다.

그녀는 이제 호머의 가게에 가능한 한 적게, 곰의 냄새가 공기 중에 퍼질까 봐 수영을 끝내고 나서야 갔다. 전보다 더 많은 식료품을 샀다. 먹을 것을 요리할 때 곰의 것도 같이 만들었다. 그는 계단에서 그녀 옆에 앉아 가끔 제 접시를 들어 올려 핥기도 했다.

"궁금하군." 협회장이 썼다. "그 서재에 이만한 시간을 투자할 가치가 충분하다고 생각하는지."

---

104) 영국의 목판화가(1753-1828)로 《이솝 우화》《영국 새의 역사A History of British Birds》 등의 삽화가로 유명하다.

가서 책이랑 떡이나 치라지, 라고 답장하고 싶었다.

이제 그녀는 완전히 곰을 위해 격정적으로 살았다. 그들은 산딸기를 따러 함께 숲에 갔다. 그는 앞발로 잘 익은 산딸기를 훑어 게걸스럽게 목구멍에 쑤셔 넣었다. 그녀는 산딸기가 마치 부드러운 보석인 양 헛간에서 찾은 노끈 손잡이가 달린 오래된 비하이브 허니[105) 깡통에 챙겨 넣었다. 곰이 벌들 사이에서 욕심을 부리는 모습을 보고 싶어 그가 벌꿀 나무를 찾았으면 했지만, 그는 썩어가는 그루터기 아래의 벌레나 유충만 찾아냈을 뿐이었다. 연영초 줄기보다 굵을 것 없는 야생 아스파라거스를 찾아 요리했는데 맛이 매우 좋았다.

어느 날 아침 그녀는 손과 무릎을 땅에 대고 옥수수 시리얼과 분유와 산딸기가 든 음식을 곰과 함께 나눠 먹었다. 그들의 묘한 혀가 맞닿았고 그녀는 몸서리쳤다.

날씨가 무더워졌다. 곰은 헐떡이며 제 소굴에 누워 있었다. 그녀는 그를 원하며 침대에 누워 있었으나 지금은 그의 시간이 아니었다. 자신이 정부였던 시기를, 자신이 아니라 스테이크 오 푸아브르[106)]를 원하며 집에 오는 바라는 것 많은 남자를

105) 벌집 꿀이라는 뜻의 상표명.

106) 굵게 다진 후추 소스를 곁들인 스테이크 요리.

기다렸던 것을, 늘 오후에 그를 원했으나 물어볼 엄두가 나지 않았던 것을 떠올렸다. 어쩌면 다를 수 있었을지도, 그렇지만 …….

밖에서는 워터스키를 타는 사람들이 거대한 잠자리처럼 강 위를 징징거리며 움직였다. 위층에서 일하기에는 너무 더웠다. 그녀는 연인과 가까이 있고 싶었고 그에게 양 가슴과 자궁을 바치고 싶었고 종족을 구할 쌍둥이 영웅을 임신할 수도 있을 것이라고까지 생각하며 벌거벗고 누워서 헐떡였다. 그러나 안전하게 그를 보려면 밤이 내릴 때까지 기다려야만 했다.

별똥별이 떨어지는 밤이었다. 그를 강둑으로 데려갔다. 그들은 잠잠한 검은 물속을 헤엄쳤다. 장난치지 않았다. 그날 밤 그들은 진지했다. 매우 엄숙하게 서로를 돌며 원을 그리고 헤엄친 후 강기슭으로 갔다. 몸을 털어 물을 튀기는 대신 옆에 누운 그가 그녀의 몸에 있는 물기를 핥는 동안, 등을 대고 누워서 한 개, 두 개, 열네 개, 백만 개는 되어 보이는 별들이 당장이라도 자신을 태울 듯 떨어지는 광경을 바라보았다. 한 번, 별 하나에 손을 뻗었고 너무나 가깝게 느껴졌지만 그 빛은 손에서 희미하게 멀어져 은하수 속으로 사라져버렸다.

아비새가 울었다. 밤쏙독새도.

일어나 바로 앉았다. 곰도 맞은편에 꼿꼿이 앉았다. 무릎으로 일어나 그에게 다가갔다. 윤이 나는 젖은 털이 가슴에 닿는 것이 느껴질 만큼 가까워졌을 때 그의 몸에 올라탔다. 아무 일도 일어나지 않았다. 그는 그녀에게 삽입할 수 없었고 그녀는 그를 들일 수 없었다.

그녀가 물러섰다. 그는 전혀 반응이 없었다. 그를 제 울타리 안으로 데려가서 자도록 했다.

옷을 입고 늪의 거친 풀에 누워 남은 밤을 보냈다. 별들은 계속해서 떨어졌다. 영원히 닿지 못하도록. 새벽이 다가오자 하늘은 저 멀리, 반짝이며 일렁이는 신비로운 녹색 오로라를 만들어냈다.

다음 날 그녀는 초조했고 죄책감에 휩싸였다. 어떤 금기를 깨고 말았다. 무언가를 바꿔버렸다. 사랑의 성질은 이제 달랐다. 그와 너무 멀리 가고 말았다. 그녀 안에는 늘 너무 멀리 가고야 마는 공격적인 마음이 있었다. 한번은 애인의 창에 달걀 모양 백철석을 던진 적이 있었다. 자신이 특히 아끼던 초록색 백철석이었다. 이 집에 너무 오랫동안 머물렀다. 협회장과 잤고 호머 앞에서 가슴을 다 드러내놓았다. 너무 멀리 가고야 말았다. 아이가 있었다면 틀림없이 방치했을 것이다.

위층으로 간 그녀는 할 일이 얼마나 조금 남았는지 깨달았다. 아래층으로 가서 자위했다. 짐승의 냄새를 풍기는 여자, 공허하고 화가 났다. 아무것도 이해하지 못하고 어떤 쓸모도 기능도 없는 여자.

보트에 올라 여느 어리석은 운전자처럼 거칠게 몰아대며 수로를 가로질렀고 모래톱 가까이에서 급히 방향을 트는가 하면 탁 트인 강의 파도에 도전장을 내밀기도 했다. 그러나 강은 매우 잠잠했고 보이는 것이라고는 단풍나무의 붉은 가지밖에 없었다. 그것 때문에 그녀는 죽고 싶었다.

저녁을 먹지 않고 곰도 먹이지 않은 채 잠자리에 들었다. 꿈에서 초록 인간들이 바람을 타고 내려와 몸 각각의 부위를 차지하고 먹으려 했다. "이건 내 거야! 이건 내 거라고! 아니야, 그 부분은 너무 오래되었어. 그건 너무 닳았어. 가슴에 털도 나 있잖아. 저리 치워."

태양을 끌던 말들이 멈춰 서서 발굽을 긁었다. 전차장이 그들을 채찍질했다. "눈도, 바람도, 비도 없지." 그가 말에게 빠르게 지껄였다. "이랴, 타잔. 이랴, 토니. 쾌활한 날이다. 달려라, 애들아." 그러다가 그는 말이 피하려 애쓰는 살덩어리를 보고는 차축을 돌려 다른 방향으로 전차를 몰았고 그곳에는 날이 밝지 않았다.

그녀는 숨어야 한다는 것을 알았지만 공동도, 곰도 없었다.

자신이 물에서 난 존재임을 알았으므로 물에 들어가 발가락을 말았다 폈다, 발을 당겼다 폈다 하며 몸을 식혔다. 막 태어난 것처럼 손가락과 발가락을 빨았다. 파도가 계속해서 기슭을 빨아대었다.

"별로 재치 있지 않았어." 밤중에 악마가 말했다. "늙고 닳은 애완동물과 수간을 저지른 짓 말이야. 아르마딜로라면 모를까, 그래, 적어도 독창적이긴 했을 거야, 도전 가치가 있지. 수간 그 자체는 괜찮지만, 그것도 멋이 있게 해야 한다고. 너는 한 번도 뭘 멋들어지게 한 적이 없지, 안 그래? 너는 고작해야 옛날 방수 천 같은 여자야. 독창성도, 우아함도 없어. 네 애인이 널 떠나 그 새파랗게 젊은 여자에게 가버렸을 때도 너는 지극히 통속적인 말이나 하고 애처럼 분필로 길바닥에 낙서나 했지, 그러는 대신 그는 잡을 가치가 없는 사람이라고 그에게 말해줄 수도 있었는데. 그러고 나서 너는 상사 꽁무니를 따라다녔고—생각해봐, 얼마나 상상력이 부족한지를—그가 네게 그 짓을 할 때 너는 그 짓이 제일 가치 있는 지도들 위에서 벌어지고 있는지 아닌지를 재차 확인했지. 너는 자존심도 없고 너 자신이 누구인지도 몰라. 가공할 살인이라면 진기하기라도 했겠지, 아니면 독특한 종류의 물귀처럼 더 특이하고 세련된 것을 시도했다던가. 레밍의 좆 빼는 말이지, 돋보기로 봐야만 볼 수 있다고. 북극에는 그걸 모은 사제가 있지. 네가 내 말에 귀를 기울이기만 했다면 말해줄 수도 있었을 거야. 너희 온타리오 여자들의 문제는 결코 어떤 세련미도 없다는 거야. 너는 그 곰에 대해 자신을 속이고 있어. 그는 오토만[107] 정도로만 훌륭하다고. 실은 바로 너처럼 말이지. 자, 이제 말 잘 듣는 소녀가 되어 여기를 떠나. 어떤 별도 너의 손아귀에 떨어지지 않을 거야."

곰이 그녀에게 왔다. 그의 숨소리는 무한히 무겁고도 부드러웠다. 그가 자신을 지켜주고 있었음을 깨달았다. 아침이었다. 그는 배가 고플 것이다. 그녀는 천천히 무거운 몸을 일으켜 각자 먹을 콩 통조림을 하나씩 땄다. 그들은 차가운 통조림을 그대로 먹었다.

---

107) 뚜껑 아래 수납공간이 있는 가구로 의자 또는 발 받침대로 쓰인다.

20

그녀는 여대령의 전신 거울에 비친 자신을 바라보았다. 머리는 멋대로 헝클어져 있었고 눈은 퀭했다. 갈색 피부에 몸은 달라졌으며 예전에 봤던 그 얼굴이 아니었다. 깜짝 놀랄 만큼이나 자신이 두려웠다.

물을 데워 개수대에서 머리를 감고 세수했다. 이를 닦다가 치약에 구역질했다. 립스틱과 빗과 눈두덩이에 바를 것을 찾았다. 깨끗한 체크무늬 셔츠도 찾았다.

모터보트를 타고 정박지로 갔다. 뱁스가 가게를 보고 있었다.

"호머는 어디에 있죠?" 그녀가 물었다.

"저 위의 목재소, 폭포 지나서 첫 번째 길. 오른쪽으로." 뱁스가 두 번 보지도 않고 말했다.

차를 몰고 마을로 가서 위스키를 샀다. 호머는 버려진 목재소에서 캠핑하러 온 사람들에게 팔 장작을 트럭 뒤에 한가득 싣고 있었다.

"안녕하세요."

"오랜만이네요."

"일에 빠져 있었어요."

"지쳐 떨어져 나갔을 줄 알았는데."

"술을 가지고 왔어요."

그가 씩 웃었다. "컵은?"

"조수석 서랍에 하나 있어요."

"나도요."

그들은 통나무에 나란히 앉아서 위스키를 깡으로 마시기 시작했다. 서로의 속도를 따라잡았다. 그는 그녀에게 들려줄 이야기가 없었다. 반병을 비우자 그가 그녀의 소매를 잡고 다 허물어져가는 합숙소로 이끌었다. 그가 벨트를 풀었다. 그녀도 그렇게 했다. 그들은 반만 벗은 채 서로의 앞에 섰다. 그가 씩 웃었다.

"안 하고 오래는 못 배겨요, 그죠?"

전희는 없었다. 그는 괜찮은 긴 물건을 가지고 있었고 그것을 잘 놀렸다. 무척이나 묘하고 벌거벗은 기분이 들었는데 그는 멈칫거렸다가 다시 시작하는, 그녀가 전에 알던 어떤 것과도 다른 방식으로 움직였다. 그는 그녀를 흥분시켰다. 거대한 공허감이 채워지는 것은 좋았다. 그러나 그에게 어떤 감정도, 그 무엇도 느낄 수 없었다.

일을 마치고 그가 고맙다고 말했다. 그들은 옷을 입었다.

"남은 술은 당신이 가져가세요." 그녀가 말했다.

"아니, 당신 거예요. 나는 구하기 쉬우니까."

"뭐, 그러죠. 언제 술 한잔하러 와도 돼요."

"꼭 그러죠. 고마워요."

그녀는 집으로 돌아가서 울었다. 위층에 올라가서 다시 일하려고 했다. 이 거대한 서재에 분명 무언가는 있겠지, 틀림없이, 주석 달린 《오지에서 살아남기Roughing It in the Bush》라든가 일기라든가. 산딸기 칵테일 만드는 법보다 나은 무언가가.

오츠소,[108] 친애하는 그대여

삼림의 꿀을 먹는 자여

노염이 그대의 가슴을 부풀리지 않기를

내게는 그대를 벨 힘이 없으니

---

108) 핀란드 신화에서 곰의 정령은 이름 대신 친구, 형제, 오츠소, 숲의 왕 등의 별칭으로 불렸다.

그대, 북쪽 땅을 위한 희생으로
스스로 그대의 목숨을 바치니……
그대를 절대 악랄히 다루지 않으며
그대는 평화와 풍요 속에 살리라
그대는 젖과 꿀을 먹으리라……
—《칼레발라》[109]

“오 맙소사.” 그녀가 외쳤다. “나는 한 번도 꼬리를 물고 서로를 잡아먹는 짐승들을 목에 두르고 교회에 가는 여자였던 적이 없어. 나는 그의 내장으로 창문을 바르거나 그의 어깨뼈로 잔디를 베고 싶지 않아. 나는 오직, 그를 사랑하고 싶을 뿐이야.”

그러나 그날 밤 그는 그녀에게서 남자의 냄새를 맡았고 가까이 오려 하지 않았다.

“여기 위 지방에서는 사람이 좀 이상해지죠” 호머가 말했다. “너무 혼자 오래 있으면 말이에요. 첫 번째 캐리 이후에 치안판사였던 대령이 있었어요. 그는 자기 애완 비버를 쏜 남자를

109) 핀란드의 의사이자 전통 시를 수집한 엘리아스 뢴로트(1802-1884)가 핀란드 구전 민화와 신화를 모아 출간한 서사시.

쐈죠. 그가 고용한 오르빌 윌리스와 스위스 사람은 가드너스 리치 근처 임시 오두막에서 집 지을 나무를 베고 순무와 생선을 먹으며 겨울을 났죠. 봄에 리로이네 중 한 명이 그들이 '숲속의 아가들'[110]처럼 몸을 웅크리고 있는 것을 발견했어요, 돌처럼 차갑게 식어서. 영국 부인 프랜시스 씨와 그녀의 딸은 제구실 못하는 아들 랄프의 농장에 홀로 남겨졌어요. 그들은 고기를 먹고 싶어서 헛간에 들어가 아가씨들이 모자에 달곤 했던 커다란 그물망으로 제비를 잡았어요. 털을 뽑고 모자 고정용 핀에 꽂아 구웠는데 맛이 꽤 좋았다고 했어요. 여기 야생 개암도 자라는데 그것도 먹기 좋죠. 한잔 더 할래요?"

그녀는 그의 반대편에 다리를 꼬고 앉아 있었다. 그가 조금씩 가까이 다가왔다.

"곰 냄새에 절어 있네요." 그가 말했다.

"그런가 보죠. 그와 함께 살려면 가까이하는 방법밖에 없으니까요." 그녀는 호머의 털 없는 귀를 물끄러미 바라보다가 그의 털 없는 몸을 떠올렸다. 몸서리가 쳐졌다.

"너무 혼자 오래 있으면 사람이 좀 이상해지죠."

"해야 할 일이 많아요."

---

110) 어린아이 두 명이 숲속에 버려져 죽는 고전 동화 내용을 뜻한다. 1953년 형제의 시신이 발견된 밴쿠버 유아 살인 사건도 같은 이름으로 불린다.

"어쨌거나 어쩐답니까, 이 집?"

"아마 회담장으로 쓰일지도요."

"방이 모자라죠. 많아야 네 명 잘까."

"나도 모르겠어요." 그녀가 조급하게 말했다. "나도 잘 모르겠다고요. 집에 대해 보고서를 써야 하는데 뭐라고 써야 할지 모르겠어요."

"정부 거물들 낚시터로 쓰는 게 더 그럴듯하겠죠."

"조와 당신은 계속 이곳을 관리하고 싶은가요?"

"그럼요, 일거리인데."

병을 비운 후 그녀는 그와 함께 보트로 걸어 나갔다. 그가 편지 한 뭉치를 전해주었다. 공기가 차가웠다.

"가을이 오고 있어요. 곧 가겠군요." 그가 말했다.

"곧이요, 호머."

"조가 곧 곰을 데리러 올 거라고 했어요. 늙은 리로이 부인은 전혀 건강하지 않아요. 이제 병자성사를 위해 작은 탁자에 기름을 항상 준비해두고 있죠. 가기 전에 곰을 보고 싶어 합니다. 조 말로는 어느 날 밤 문득 그녀가 백네 살 정도 되었을 거라는 걸 깨달았다고 했죠."

"건강에 좋은 기후죠, 호머."

"장례식은 다 배에서 했던 옛날이 좋았어요."

"그랬겠죠, 호머."

그가 떠났다.

21

노동절이 지나자 기적처럼 모터보트들이 사라졌다. 물은 다시 슬슬 차가워졌지만, 해가 중천에 있을 때 그녀와 곰은 물속에서 수달처럼 장난치고 놀 수 있었다. 그러고 나서 그녀는 강둑으로 와 목욕 가운을 둘렀다.

저장 음식을 만들어놓고 싶다는 욕구가 생겼다. 물론 지하실에는 병들과 우스꽝스러운 골동품 가게에서 이제는 거금에 팔릴 게 분명한 오래된 잼 유리병들도 있었다. 잼 유리병은 금속 뚜껑이 부식되고 고무 고리는 늘어났으며 녹색 비스름한 색이었다. 그러나 그녀의 정원은 대실패여서 그 대신 곰과 함께 햇빛 아래 느긋한 오후를 보내며 같이 겨울을 나려면 해야 할 일들을 생각하며 이해하기에는 너무 늦어버린 원시적이고 목가적인 과거의 자신을 떠올렸고, 귀가 울리도록 신선한 버터밀크[111]의 맛과 수코타시[112]의 따뜻하고 부드러운 우유 맛, 그리고 그녀의 친척 아주머니 하나가 베이컨 기름과 잿물로 비누를 만들던 것, 또 그녀가 일꾼의 주름 장식 달린 유럽식 셔츠를 인두로 다리다가 태워버렸는데 그 위로 침을 뱉자 끓는 소리가 났던 것을 기억했다.

그녀는 한가롭고 지저분했다. 손톱은 부러졌다. 그녀와 곰은 오만한 한가로움 속 뜰에 앉아 있었다. 저녁에는 위층 난롯가에서 하는 일 없이 있었다.

불가의 곰과 여자. 각자가 둘러쓴 털가죽. 다시금 그녀를 날름대는 그의 두꺼운 털가죽과 털 속에 놓인 자신의 손. 이제는 마실 것과 같은 그의 냄새.

밤과 고요. 강을 따라가는 마지막 호수 운항선들의 머나먼 고동 소리. 한번은 자작나무 장작에서 불꽃이 튀어 그의 털에 떨어졌다. 그녀가 핥아 꺼뜨리기 전까지 깃털이 타는 냄새가 났다.

그는 이제 느릿느릿했다. 부지런함을 잃어갔다. 대단한 양을 먹어치웠다. 그녀는 그가 동면을 대비해서 항문에 지방으로

---

111) 버터를 만드는 과정에서 나오는 산성 우유로 시고 톡 쏘는 맛이 있다.

112) 옥수수와 콩 등의 야채를 끓인 요리.

마개를 만들고 있음을 알았다. 그녀는 거의—아, 사실은 완전히—일을 마친 상태였다.

그의 털로 몸을 감싸지 않고는 추웠다. 그녀는 꿈틀거리며 그에게 가까이, 조금 더 가까이 다가갔다. 그가 그녀를 에워쌀 때까지. 그가 한 발을 움직이는 순간 그녀의 팔이 부러질 뻔했다. 그의 거대한 무게를 잊고 있었다.

"이제 끝이야." 그녀가 그에게 말했다. "끝이라고. 너는 네 자리로, 나는 내 자리로 가야만 해." 똑바로 앉아 스웨터를 입었다.

그는 건너편에 앉아 혼란스러운 표정을 지으며 앞발로 코를 문질렀다. 그러더니 자기 아래쪽을 내려다보았다. 그녀도 함께 쳐다보았다. 천천히, 장대하게 그의 커다란 좆이 부풀고 있었다.

그것은 인간 남자의 것, 튤립 모양과는 달랐다. 붉고 뾰족하고 인상적이었다. 그녀는 그를 바라보았다. 그는 움직이지 않았다. 스웨터를 벗고 그의 앞에 네 발 동물 자세를 취했다.

그가 거대한 앞발을 뻗어 그녀의 등 피부를 갈랐다.

처음에는 아무런 고통도 느껴지지 않았다. 단지 그에게서 펄쩍 뛰듯 떨어졌을 뿐이다. 고개를 돌려 그를 보았다. 그는 발기가 풀린 채 같은 자세로 앉아 있었다. 그 얼굴에서 어떠한 것도, 자신이 무엇을 해야 할지 알려주는 어떤 것도 읽을 수 없었다.

그때 등을 타고 흐르는 피가 느껴졌고 그녀는 도망쳐야 한다는 것을 깨달았다.

"나가!" 등을 감추고, 몸을 덥히고, 피를 빨아들이려고 스웨터를 입으며 소리쳤다. "나가라고." 벽난로에서 막대기를 뽑아 들고 그를 향해 흔들었다. "썩 나가. 썩. 잘 시간이라고. 가."

그가 느리고 신중하게 네 발로 일어나더니 어기적어기적 계단을 내려갔다.

불 앞에 가림막을 쳤다. 청바지를 입었다. 틸리 램프를 불어 껐다. 담배를 집어 들고 그를 따라 계단을 내려갔다. 그가 부엌에서 무언가를 쳐 넘어뜨렸다. 그가 내 피 냄새를 맡을 거야, 이제 나를 원할 거야, 하는 생각이 들었다.

"가." 그녀가 소리를 질렀다. 그가 뒷문을 통해 허둥지둥 밖으로 나갔다. 그녀는 가능한 한 똑바로 서서 문으로 다가가 빗장을 지르고는 온몸을 떨며 침대에 쓰러졌다.

그녀가 깨어났을 때 밖은 아직 밝았다. 열이 펄펄 끓었다. 무슨 일이 일어났는지 알고 있었다. 햇볕에 너무 오래 있었다, 지금은 분명 7월의 둘째 날일 것이고, 그녀의 모친이 고무시멘트 같은 것을 등에 발라주었고, 자신은 침대 시트에 달라붙어 있었고, 일사병으로 오한이 온 것이다. 이제 열이 나고, 구토를 많이 하고, 돌봄을 받고, 그러고 나서 극단적인 짓 아니면 안 하는 거냐고 한 소리 듣게 될 것이다. 모슬린 시트에서 빠르게 몸을 떼내는 수밖에 없었다, 그냥 해치우는 수밖에.

그녀는 고군분투했다. 시트에서 풀려나지 않았다. 무언가가 달랐다. 한 팔을 들려고 해봤다. 고통이 온몸을 파고들었다. 귀가 울릴 정도의 고통이. 기억이 돌아왔다.

오 신이시여, 나는 바보다, 정말 바보야, ㅂ…….

낮이었다. 빛이 쏟아져 들어오고 있었다. 그녀는 대낮의 햇볕을 받으며 침대에 들러붙어 누워 있었다. 왼팔을 올릴 수가 없었다. 무슨 일이 일어났었다. 바로 그 일.

주여 저희에게 자비를 베푸소서.

그녀가 누워 있는 방은 더러웠다. 그녀의 손도 더러웠다. 내가 얼마나 오래 이러고 있었지? 그녀는 생각했다. 그런데 그는 어디에 있지? 배가 고플까? 벌써 가을인가? 그는 잠이 들었나?

다리를 움직였다. 괜찮군. 옷을 입고 있음을 알아차렸다. 머리와 오른팔, 그리고 이제는 왼쪽도 차차 움직일 수 있었다. 오, 예수여, 존 웨슬리[113]여, 정말 아프군. 손은 차고 머리는 뜨

---

113) 영국의 성직자(1703-1791)로 감리교를 세웠다.

겁다. 일어나야만 한다.

그녀는 침대에서 굴러 내려올 수 있음을 깨달았다. 설 수도 있었다. 부엌으로 걸어가며 걸을 수도 있다는 것을 알았다. 물을 마셔. 아스피린을 먹어.

그가 나를 찢었어, 그녀는 생각했다. 그게 내가 원하던 거야, 안 그래? 이 퇴폐적인 도시 창부 같으니라고.

부엌 조리대에 얼마간 기대어 무엇을 해야 할지 생각했다. 그러고는 앞문으로 나가 옷을 입은 채로 강에 들어가서 스웨터가 찢어진 피부에서 떨어지는 것이 느껴질 때까지 누워 있었다.

무슨 일이 일어났는지 기억하려고 애썼다. 그가 그녀를 보고 발기하던 것이, 한 동작이 떠올랐다. 자신의 비명. 도주. 내가 어리석었을까? 아, 이런. 그런 짓을 할 만큼 그 속에 야생의 성질이 많이 남아 있는 거라면, 이 피가…….

물은 얼음장처럼 차가웠다. 일어나서 집 안으로 달려갔다. 껍질을 벗기듯 바지를 벗고 굉장히 힘들여 웃옷도 벗었다. 거대한 타원형 전신 거울에 벌거벗은 자신을 다시 한번 비춰보았다.

그녀는 달라져 있었다. 훨씬 어린 여자의 몸 같았다. 앉아만 있어 생긴 지방은 사라지고 갈비뼈의 윤곽이 보였다. 천천히 돌아서며 어깨 너머로 거울에 비친 등을 보았다. 기다랗고 빨갛게 엉겨 붙은 채찍 자국 하나가 어깨에서 엉덩이까지 그어져 있었다. 나는 이것을 간직할 것이다, 그녀는 생각했다. 이는 카인의 표식이 아니다.

부엌에 들어가서 티셔츠를 소독약에 푹 적셨다. 그것을 어깨 뒤로 던지고 얼마간 두었다. 옷을 입고 아주 천천히 아침을 만들었다.

그녀가 밖으로 나갔을 때 곰은 기대에 차서 기다리고 있었다. 그의 그릇을 건네주었다. 그들은 조용히 나란하게 앉아 있었다. 그녀는 한참 동안 몸을 떨었다. 공기에 에는 듯한 기운이 있었다. 그가 그녀 곁으로 조금 움직였다.

위층에서 그녀가 책상에 앉아 호머가 지난번 가져다준 편지를 열어보는 동안 그는 누워서 불의 유희를 지켜보았다. 기록 보존 전문가를 구하는 광고로 흘러넘치는 〈타임스 문학 부록〉 여름호, 협회장에게서 온 화난 편지 몇 통(성적으로 굶주렸나?), 자매에게서 온, 어머니들이나 관심이 있을 법한, 그렇지만 말 못 하면 울화통 터질 것들을 알려주는 편지 한 통.

한동안 곰 옆에 앉아 책을 읽었다. 어젯밤에 그녀는 피 냄새를 맡은 그가 자신을 더 해칠까 걱정했었다. 반면 오늘 그는 다른 무언가였다. 이를테면 애인, 신, 친구. 그녀가 손을 내밀자

핥고 코를 비비는 걸 보니 개일지도.

그러나 그들 사이에 있던 무언가는 사라졌다. 여름 동안 그들을 하나로 묶어주었던 새된 휘파람 같은 교감 말이다. 창밖을 보자 자작나무가 노랗게 변하고 있었고 잎들은 이미 얇아졌다.

그녀는 꼼꼼하게 자신의 책과 서류들을 싸기 시작했다. 그 일을 마치고 나면 집을 치울 것이다.

22

그날 밤, 옷을 입은 채 부드러운 마음으로 그의 옆 난롯가에 누운 그녀는 아기, 어린이, 순수한 영혼이었다. 밖에서 들리는 날카로운 아비새의 울음소리는 그녀를 위한 것이었다. 갈대가 서로를 비비며 노래를 불러주었다. 그의 털에 감싸여 있으니 바구니에 담겨 작은 파도에 쓰다듬어지는 기분이었다. 다정한 야수들의 숨결을 느꼈다. 고통이 있었지만, 그것은 정신적 괴로움이 아니라 지상에 속하는 소중하고 달콤한 고통이었다. 이끼와 순수한 북쪽 꽃들의 냄새를 맡았다. 그녀의 피부는 실크, 주위를 감싼 공기는 벨벳이었다. 밤의 강가에서 조약돌이 보석상이 매긴 가치가 아닌 저만의 아름다움으로 반짝였다. 아침 새들의 지저귐이 들려올 때까지 그와 함께 누워 있었다.

그가 전해준 것이 무엇인지 그녀는 몰랐다. 영웅의 씨나 마법이나 놀랄 만한 미덕은 확실히 아니었다. 그녀는 여전히 자기 자신 그대로였기 때문이다. 그러나 이상하고도 날카로운 짧은 순간 동안 모공 하나하나로, 혀뿌리부터 혀끝까지로, 세상이 무엇을 위한 것인지 이해했다. 비로소 인간이 되었다는 느낌이 아니라 마침내 순수해졌다는 감각이었다. 순수하고, 단순하고, 당당해졌다는 감각.

물가로 내려가 새벽의 경이를 지켜보았다. 사악한 꼬치고기가 저들이 속한 갈대 사이를 미끄러져 가는 것이 느껴졌다. 마지막으로 모이는 여름 새들을 지켜보았고 그녀를 향한 참매들의 시선을 두려움 없이 느꼈다.

발에 닿는 물은 차가웠지만, 대기는 기분 좋고 운치 있었다. 돌아서니 뒤의 흰 집도 더 이상 상징이 아니라 하나의 독립체로서 연약하고 천진하게 놓여 있었다.

집에 들어가서 정돈된 서류를 계속 썼다.

그날 얼마 후, 숱 많은 검은 머리에 빨강과 검정이 섞인 매키노 재킷을 입은 거대한 남자가 뒷문에 나타났다. 그는 루시 리로이의 조카 조 킹이었다. 그녀가 떠나는 것을 알고 자기와 루시가 겨울 동안 곰을 돌보고 싶다고 말했다.

그래, 올 게 왔다. 그녀는 생각했다. 하지만 시간이 무르익었다고 느꼈다.

루시의 건강에 관해 묻자, 버티고 있다는 답을 들었다.

"그를 보면 좋아할 겁니다. 그 곰에 정말 빠져 있거든요. 대화할 만한 사람이 아무도 없다면서. 당신이 그와 친구가 되었기를 바란다고 했습니다."

"같이 수영하곤 했어요."

"건강해 보이네요."

"그럽겠지만 토론토로 데려갈 수는 없는 일이니까요."

"여기에 내버려두면 어느 망할 사냥꾼이 잡고 말 거예요."

"루시가 떠나도 죽이지는 않을 거죠, 아닌가요?"

"곰이 아프지만 않다면요. 이제 곰 발바닥을 먹지는 않으니까요. 어쨌거나 루시가 우리 보고 맹세하게 할 겁니다. 걱정할 것 없어요."

그녀는 곰에게 다가가 부드럽게 사슬을 씌웠다.

"루시가 당신은 그와 잘 지낼 거라고 하더군요." 조가 말했다.

"아, 잘 지냈어요. 참 괜찮은 친구예요."

"언제 토론토로 돌아가죠?"

"이틀 후에요. 집을 잘 정리해놓고 가야죠. 마지막으로 처리해야 할 서류들도 좀 있고요."

"묻힌 보물 같은 건 못 찾았겠죠. 그들은 별로 아는 게 없었어요, 캐리네 같은 사람들 말이에요. 그들은 관광객이니까."

"당신과 루시에 비하면요."

그녀는 그들과 부두로 내려갔다. 그러고는 돌아가 그들을 위해 남은 음식을 챙겼다. 그녀가 다시 돌아왔을 때 곰은 이미 모터보트에 안락하게 자리를 잡았고 꽤 만족스러워 보였다. 그의 목덜미를 사랑스럽게 쓰다듬고 작은 연골질의 귀를 긁었다.

"잘 가." 그녀가 말했다.

조가 모터를 작동시켰다. 곰이 그 소리에 움찔하더니 혀를 이리저리 휘두르며 그녀의 손을 핥았다. 곧 조가 무던한 작별 인사와 함께 떠났고 남겨진 그녀는 곰이 뚱뚱하고 품위 있는 늙은 여인처럼 뱃머리에서 코를 바람에 대고 수로를 따라 멀어지는 것을 지켜보며 서 있었다. 그는 돌아보지 않았다. 그가 그러기를 기대하지 않았다.

루는 차례대로 집을 깨끗이 쓸고, 자신의 소지품들을 싸서 차에 실었다. 피 묻은 시트를 포함해 캐리네서 나온 빨랫감을 호머의 이름으로 마을에 맡겼다. 은행에 가서 호머 앞으로 된 굉장한 청구액을 정산할 충분한 돈을 인출했다.

그녀는 돌아가 텅 빈 거대한 집에 앉아 있었다. 이곳의 비밀을 알아내지 못했다. 멋진 건물이었지만 비밀은 없었다. 이곳은 그저 평범한 인간이 아니기를 원했던, 역사 속으로 잊히는 것을 무엇보다 두려워했던 한 가족의 이야기를 전할 뿐이었다. 영국 아내들은 고급 탁자와 벨벳 펠멧[114]과 전신 거울로 인디언의 섬인 여름 휴양지에다 자신들의 귀족성을 선포하려고 했다.

그게 잘도 되었지, 그녀는 생각했다. 야생 속으로 소멸해버렸으니. 커널 조슬린만이 뭘 좀 아는 유일한 사람이었다. 그러니까 스라소니 가죽을 무두질할 줄 아는.

서재 벽에서 로랜슨의 만화를 떼어냈다. 그것은 이미 멀리 사라져버린 자신의 삶의 시간에 속한 것이었기 때문이다. 책의 먼지를 털고 책장을 열쇠로 잠갔다. 규정에 어긋나나 《와쿠스타》 초판본과 〈타임스 문학 부록〉에 실린 뷰익 둘 다를 가져가려고 쌌다. 어느 겨울, 설상차를 탄 사람들이 무단 침입할 것이다. 황동 나사를 위해 망원경을 가져가고 천체본와 지구본을 박살 낼 것이다. 뭐, 세상이야 박살 나라지. 결국은 그렇게 될 수밖에 없는 일이다. 곰은 안전했다. 그녀는 이 책 두 권을 안전하게 지킬 것이다.

캐리의 쪽지 모음을 앞두고 망설였다. 그것들은 협회보다는

---

114) 커튼 레일을 가리기 위해 나무, 천 등으로 만든 장식.

자신에게 속하는 것 같았다. 그러나 종국에는 그것들을 봉투에 넣고 '곰에 관한 캐리의 기록'이라고 적은 후 책상 서랍 안에 남겨놓았다. 그녀는 더 이상 그것들이 필요하지 않았다.

이 작업을 수행하며 굉장한 평화를 느꼈고 작업은 빈틈없이 제대로 처리했다. 자신은 제 작은 집을 광나게 할 줄 안다고 생각했다.

나무 위 망대에 서서 캐리의 장관에 마지막 작별 인사를 고했다. 한 번도 비버를 보지 못한 비버 연못에도 갔다. 참매들은 사라지고 없었다. 망가진 정원을 살펴보았다. 곰의 낡은 외양간 문간에 서서 음탕한 악취를 들이마셨다. 정말이지, 그녀는 생각했다, 정말이지.

오갈 사람들을 위해 남긴 통조림 몇 개를 제외하고 조리대를 깨끗이 치워 부엌 청소를 마치고, 마지막으로 남은 자신의 짐을 보트로 나르고 나자 늦은 오후였다. 가을바람이 일어 강이 물결치고 있었다. 천천히 강을 따라 올라갔다. 평온하고 애정 어린 마음이 들었다. 자기 무릎에 머리를 댄 곰과 함께 난롯가에 앉아 있던 여러 저녁을 떠올렸다. 몸 위로 별들이 떨어져 타오르고 또 타오르던 밤을 생각했다. 죄책감을, 모친이 곰과 관계를 맺은 것에 대해 인디언들에게 사과하는 편지를 쓰게 했던 꿈을, 그리고 죄책감을 치유해준 발톱을 기억했다. 강

하고 순수해진 기분이 들었다.

열쇠 꾸러미를 가게에 맡기고 뱁스의 시선을 피해 카운터를 사이에 둔 채 호머와 작별주를 마셨다. 그가 창에 덧문을 대고 집을 겨울 동안 돌보고 협회에 청구서를 보내겠다고 약속했다.

"곰을 다시 만났으니 루시는 행복하게 죽을 거예요." 그가 말했다.

"좋은 곰이에요."

"그런가 보죠. 나는 알 길이 없겠지만."

그녀는 호머와 사랑을 나눈 날 그의 가슴팍에 있던 이상한 굴곡을 떠올렸다.

"그럼, 잘 있어요." 그와 악수했다. "여러모로 고마웠어요. 정원은 별 성과를 못 냈어요."

"그만하면 잘했어요. 여기 다시 올라올 건가요?"

"아니요. 직업을 바꿀 생각을 하고 있어요. 떠날 때가 됐어요."

"휴일에 와요. 캠핑장을 특별 요금으로 해주죠."

"고마워요, 호머."

그녀는 오래 걸리는 육로를 타고 밤 내내 남쪽으로 차를 몰았다. 두꺼운 스웨터를 입고 땅에서 더 이상 물과 나무가 아니라 도시와 매연의 냄새가 날 때까지 창문을 열고 달렸다. 광휘가 몰아치는 별빛만이 가득한 밤이었고 머리 위로 큰곰자리와 그의 3만 7000명의 처녀들이 그녀의 곁을 지켰다.

| 옮긴이의 말 |

자신의 가치를 증명하고 존재 이유를 찾으려는 것은 인간뿐이다. 더 정확히 말해 "나는 존재해도 되는 것일까?"라는 '쓸데없는' 질문으로 '까닭 없이' 스스로를 괴롭히고 수많은 '무의미한' 대답을 '곱씹으며' 그 속에서 서사, 즉 자신과 사회를 설득할 만한 '의미 있는' 이야기를 만들며 제 역사를 추적하고, 분석하고, 각색하고, 발명하고, 배열하고, 나아가 그 서사에 따라 자신을 재창조하는 것은 인간뿐이다. 자연은 자신의 가치를 그런 방법으로 증명할 필요가 없다. 불가해한, 때로는 파괴적이고 때로는 모든 것을 아우르는, '있는 그대로' 존재하는 자연의 무심과 인간의 서사를 향한 열심은 어떻게 공존하는가? 루는 역사의 파편들을 파헤치고 해독하는 일에서 삶의

의미를 찾으려는 욕망과 발버둥을 목격하고 거기에 비친 자기 모습을 보며 환멸과 애착을 동시에 경험한다. 내면적이든 사회적이든 (과연 둘이 구분이 가능한 것이라면) 자신의 자리에 대한 의문, 존재의 의미를 찾고 부여하고 연결하는 일에 좌절과 무력함을 느껴보지 않은 자 그 어디 있는가. 《나의 곰》에서 보여지는 루가 삶을 회복하는 과정은 우화도 몽환도, 마술이나 낭만도 아니다. 무표정의 유머로 이루어진 루의 집요한 성찰을 따라가면 절로 알게 될 것이다. 가장 중요한 것들은 기록되지 않는다는 것을. 가치는 이유가 아니라 존재라는 것을. 이유 불문하고 가차 없이 매 순간 존재하는 데 있다는 것을. 그리고, 그런데도 불구하고, 인간은 여전히 의미를 찾고 또 기록하려고 애쓰는, 불멸을 꿈꾸며 무한히 불굴하는 구제불능의 존재라는 것을.

최재원

| 추천의 글 |

이것이 사랑이 아니라면

강화길(소설가)

책을 고를 때마다 생각한다. 지금 내 마음을 설명해줄 단어가 있을까. 가장 정확한 문장이란 무엇일까. 나와 저 사람, 또 다른 누군가의 마음을 연결할 수 있는 표현은 어디에 있을까. 찾고 싶다. 쓰고 싶다. 진실한 무언가를 보고 싶다. 그러나 무엇보다 강렬한 나의 진짜 욕망은 읽고 싶다는 마음이다.

내가 쓰지 못한 문장. 어쩌면 누군가 찾아냈을지도 모르는 단어. 그의 표현을 따라가며 그 마음에 젖고, 내가 혼자가 아니라는 사실을 확인하고 싶다. 인생은 한없이 쓸쓸하지만, 잠깐이나마 위안을 경험할 수만 있다면 충분히 행복할 것 같다. 괜찮은 인생일 것이다.

그러므로 계속 책을 읽는다. 무언가를 찾기 위해, 홀로 보내는 시간을 견디기 위해.

그리고 지금, 메리언 엥겔의 문장을 읽는다.

"오래전 영혼에 각인된 풍요로운 삶의 모습은 지금과 사뭇 달랐고, 그래서 더 고통스러웠다."

두더지 같은 여자 루.

작가는 그녀에 대해 또 이렇게 말한다.

"그녀는 늘 사람과의 접촉을 발견하는 일에 서툴렀다. 마치 남자들이 썩어 문드러져가는 그녀의 영혼을 알기라도 하는 것 같았다."

그렇다. 이것이 그녀의 삶이다. 홀로 보내는 시간. 견디는 나날들. 자신이 어떤 사람인지 알면서도 누군가를 원한다. 고독하니까. 마음 둘 곳이 없으니까. 그 마음을 오래된 서적들에 몰래 숨겨놓는다. 그게 그녀의 일이다. 서류와 지도를 살피고 의미를 찾아내는 것. 그 때문에 일상은 평화롭지만, 고통스럽다. 아니, 만족스럽지 않다. 그녀가 진짜 원하는 것은 무엇일까? 문드러진 영혼을 끌어안아주는 사람? 그런 존재가 있다면 더 이상 고통스럽지 않을까? 정말 그럴까?

그리하여 나는 루에 대해 이렇게 말하고 싶다. 무언가를 더 원하지만 그것이 무엇인지 찾아내지 못하는 사람. 그래. 가장 정확한 단어를 찾지 못한 사람.

어느 날, 루는 곰을 만나게 된다.

그 자리에 항상 있었던 것 같은 곰.

그녀는 곰을 사랑하게 된다.

이것은 비유가 아니다.

진심으로 곰을 원한다. 그를 만지고 소유하고 그와 연결되고 싶어 한다. 그래서 루는 실제로 그를 만지고 소유하고 그와 연결된다. 루는 그의 것이 되고, 그는 루의 것이 된다.

때문에 누군가 내게 이 소설이 충격적이냐고 묻는다면, 나는 당연히 그렇다고 대답할 것이다. 그럴 수밖에 없다. 루가 곰에게 느끼는 성적 욕망, 대담한 행위, 사랑에 대한 갈구, 믿음, 머리를 뜯어내달라고 외치는 자기 파괴적인 충동. 원초적이고 신화적인 관계가 선사하는 놀라움. 놀라운 삽화들이 끌어내는 카타르시스. 그 충격의 중심에는 엥겔의 정확한 문장이 있다. 작가는 묻는다. 이것이 사랑이 아니라면 무엇인가. 이것이 사랑이 아니라면, 우리는 무엇을 사랑이라고 부를 수 있단 말인가.

엥겔의 모든 문장을 신뢰한다. 계속 읽고 싶다. 읽을 것이다.